ヤットコスットコ女旅

室井滋

小学館

ヤットコスットコ女旅

はじめに

「お父さ〜ん、いやがぁ、行ったらイヤ〜。行かれんちゃあ、お父さ〜ん、いやぁが、いやぁが〜」

これは田舎富山の小さな駅のプラットホームで泣き叫ぶ、子供の頃の私のお決まりのセリフ。仕事でしばしば都会へ向かう父を、見送るたびに大泣きしていた。

真夜中の寝台車が、大切な父を自分の想像もつかぬ別世界へ連れて行ってしまうのだと思い込んで、毎度毎度今生《こんじょう》の別れのような心境になっていたっけ。

時は過ぎ、そんな父もとっくに本物の別世界へと旅立っているが、大人になった私は今、毎月のように父が行き来した道のりを辿《たど》るように列車に揺られている。

駅に私を見送る人は誰もなく、泣いてくれる者もまったくいない。

目的が仕事中心なので、旅といっても〝心機一転〟とか〝自分を見つめ直す時間に〟などといった覚悟や思惑あるいはバカンスや休息といったものではない。

なのになぜだろう。私は東京から故郷への、地方の様々な町への移動の列車や飛行機で過ごす時間が、無性に好きなのだ。ヘトヘトに疲れていても、帰った途端に〝また出掛けたい！〟と思ってしまうのだから。

車中や機内で出会ったり見かけたりする人々や我が身に起こる出来事は、まるで人生の縮図のようであり、自分にいろんなことを教えてくれる。

オバサンになった今も危なっかしいことの連続だけれども、それらは〝世の中って捨てたもんじゃない〟とささやかではあるが大切な栄養を与えてくれている気がしている。

本書『ヤットコスットコ女旅』を手にしてくださった皆さんにもその養分が染み渡ることを願い、楽しい旅のお裾分けができたらなあと思っています。

さあ、出発進行〜〜♡

旅人　室井滋

もくじ

装丁　芥陽子
装画　長谷川義史

第1章

旅は異なもの味なもの

オッチャン、ちょっと近いわぁ

新幹線の中で叱られた。文句をつけてると思われるのは嫌なので、どこの新幹線とは書きたくない。だって、それは座席のリクライニングの角度が素晴らしすぎて起こったことなのだから。

「さて、朝弁も済ませたし、勉強しよう」と、原稿用紙を小さなテーブルの上に出した途端だ。前の座席がガタンと倒れて、それがグーンと私に迫ってきた。

「ち、近いわぁ〜」

こちらが前のめりになりペンを走らせると、目の前の自分の空間はきわめて狭いものになった。おまけに前の席はとても座高の高い人で、その後頭部が椅子の背をニョッキリ越えちゃっているし……。

「ムム、座布団敷いてんのかい？　オッチャンのようね、この髪は。中途半端に伸ばして、スダレの横わけタイプ。まぁ、どうでもいいけど、これ困るぅ〜」

私の顔面からオッチャンの頭のてっぺんまでが約15センチ。これ以上、自分の原稿用紙に向かう角度が行きすぎると、何かの弾みにスダレ頭に接触してしまうやもしれない。

私は距離をすごく気にしながら、顎を引いて書くようにした。

が、それから約10分。〝まさか〟が起こったのだ。

オッチャンときたら突如自分の頭をボリボリ掻《か》き出して、その後頭部の様子が変わってしまう。椅子の内側にあった毛が、一気に外側に飛び出してきたのだ。

まるで冬山が春を迎えて、草木が一斉に伸びたみたいな増量具合！　おまけに頭のてっぺんの薄い毛たちは、車内の乾燥でパヤパヤモヤモヤとつっ立ち踊っている。

これが私の鼻先をかすめたら何としようと思うが早いか、私はまさかのクシャミをしてしまった。

「ハ、ハ、ハ〜クショ〜〜ンッ」

我ながら、すさまじい一発だった。

当然、オッチャンは振り向き、その大きな顔をむんずと突き出し、「何っつうクシャミや。女のくせに。さっきから人の髪の毛もフーフー吹いてたやろ。何すんねん」と、すごい剣幕《けんまく》だ。

そりゃあそうだろう。オッチャン的にはただ椅子をＭＡＸに倒して休んでただけなのだから。

では、私が悪いのか!?……いや、私とて自分のエリア内で静かに過ごしていただけだ。

問題があるとしたら、座高の高い人のパヤパヤ毛がどのくらいはみ出すものかを、設計士が考えなかったことだろうか……。

いや、それとて常識の範囲内で作られているのであろうから、これは事故というしかないのでありました。皆様、リクライニングにご注意あれ。

あなた、誰と旅に出る？

その男は窓辺でウトウト微睡《まどろ》んでいた。東海道新幹線の車中。リクライニングシートを深く倒して。

それが前方向かって右手に富士山が見え始めると慌てて飛び起きた。「ガバッ」という漫画の中の文字が見えた気がするくらいの勢いで。

ガッシリした一眼レフカメラで盛んにシャッターを切る。普通の旅人が美しい富士山に見惚れて撮るのとは、いささか構えが違う気がした。「プロのカメラマンさんかなぁ」と、通路を隔てて私はぼんやり思ったものだ。

ところが男は富士山を通過すると、お弁当を広げ、テーブルの上に他にも何やら並べて一心不乱にレンズに向けている……。「お弁当かぁ」……この段階で私の中の彼の格付けがプロからアマへと変わる。富士山を様々なアングルから撮っている写真家というよりは、旅行を楽しんでいる普通のおじさんのようだった。

「そんなこと、別にどっちでもいっかぁ」

一気に興味を失い、私は手元の雑誌に目を移した。

さあ、そんなこんなで20分が過ぎた頃だ。

カシャカシャというシャッター音が一層近くで感じられ、「スワッ、私を激写？スッピンなのに〜!?」と、ギョッとした。女優の自惚れというか、自意識過剰の悲しい性《さが》ではあるが、一応キャッと週刊誌で顔面を覆い、その陰からこっそり男を窺《うかが》った。するとどうだ。カメラのレンズは確かに私の方に向けられてはいるけれども、男が見つめる被写体はどうやら違うらしいと理解する。男は横の座席にトランクを載っけ、さらにその上に戦隊物のフィギュアを3体並べ、楽しげな撮影が始まっていた。

実は私、こういう男性を見るのは初めてではない。

以前、新幹線の中で見かけたのは有名お菓子メーカーの人気キャラクター〝キョロちゃん〟の巨大ぬいぐるみと一緒に旅する、もう少し若い青年だった。

やはり青年はキョロちゃんを窓辺に佇《たたず》ませ、過ぎゆく景色を考慮して撮影！　そのうち〝テーブルで缶ビールに喜ぶキョロ〟〝お弁当をおねだりするキョロ〟〝ブランケットをかけてお昼寝のキョロ〟〝青年の膝で至福のキョロ〟など、こっちが勝手にタイトルを付けたくなるようなポーズでシャッターを切りまくっていたものだ。

あの時もそれはそれは立派なカメラだったっけ。

「近頃は、キャラクターと旅するの流行ってんのかしら。きっと一人旅のつもりじゃあないのよね」

私はしみじみ思い起こし、多分、おじさんに向けてチラリと笑ってしまったようなのだ。

ああ、これがまずかった。目が合ったおじさんから、「すいません。自撮り棒、忘れちゃったんです。何枚か僕らの集合写真、撮ってもらえませんか？」と、まさかのおねだりをされてしまうのであった。

怖いの怖いの、飛んでけぇ

怖いホテル……いや、営業妨害になるゆえピンポイントではお知らせできぬが、大雑把に言って西の方にあるレトロが自慢のホテルでの話。

ロケに備えて前日夕暮れ時にチェックインした私は、鍵をもらって4階の部屋に入った。

カーテンが引いてあるのか真っ暗で何も見えない。扉横の壁をまさぐり照明スイッチを突き止めるが、スイッチオンにしてもやっぱり何だか薄暗い。

「雰囲気出すのにこの明るさなんだろうけど、一人でムードもへったくれもないし」

私はブツブツ呟きながら、やけに広い部屋の中をトランク引きつつ1周し、真っすぐ廊下に出た。だって、ぶ厚いカーテンがカビ臭く、すえた空気感。冷蔵庫のサーモスタットの音に飛び上がり、「無理ッ、絶対に」となったから。

即、「私、ビンボー性なので、一番小さなシングルに」とフロントでお願いした。ホテルマンは、「珍しいですね、広い部屋にとおっしゃるお客様はけっこうおいでですが」と苦笑するも、小さな禁煙ルームに変更してくれたものだ。

ようやく、私は胸を撫でおろしベッドに座り込む。照明はやはり赤っぽく暗めだったが、ここなら隅々まで目が届く。振り向いたら、遠くのスタンドが思わずロン毛の女の姿に見えた！　なんつぅことはなかろう。

暗いと過敏になりギョッとなることもあるので、旅慣れた女優さんの中には〝マイ電球〟を持参する人もいる。だって、2時間ドラマの犯人なんか演じた後は、多少なりとも重いものを引きずるというもの。自宅ならパッと日常に戻れても、仮の宿だとそうもゆかぬ。部屋のチェンジばかり求めれば我が儘《まま》女優のレッテルを貼られるので、せめて滞在中に真っ白く明るい電球のタマをスタンドに付けかえさせてもらうというわけである。

邪気除《よ》けの塩やお守りは私たちには当たり前。これにプラス、アロマ系のグッズやマイ枕、愛犬愛猫の写真も持参しリラックスムードを作り出す。

ちなみに私がこれまで目撃した最大の〝安心グッズ〟は某ベテラン女優さんが持ち込んだ鏡隠しのマイカーテンである。

臆病者にとってはホテルの鏡が恐怖なのだ。あり得ぬ何かを鏡の中にちらりとでも見ちゃわないように、吸盤の付いたカーテンを装着する気持ちはよく分かる。

「あれ売ってんなら、今度私も欲しいなぁ」

いいや、女優を続けるなら、私もマイカーテンをすぐに作るべき！

レトロホテルで脅えながら、鏡の中の自分に言い聞かせたのでありました。

うう〰、ドロンが来るぞ〰

特に体調が優れぬわけでもないのに、何となくダルイ。きっと気圧のせいだ。近頃は低気圧や気圧の乱高下のせいで、〝天気痛〟なるものを訴える人も多いそうな。私はそこまで重症ではないものの、ドロンと眠くなる。時間や場所が許せば横になったり目を閉じたりするけど、それが無理な場合はけっこうキツイ。近年は台風発生や局地的豪雨が多いせいか、突然にこの〝ドロン〟がやってくるから堪《たま》らないのだ。

〝ドロン〟が来ると、とにかくちょっとした判断を誤ってしまう。例えば……些末なことではあるが、スーパーのレジの順番待ちだ。

大混雑の中、何番のレジ待ちの列に並ぶか、一瞬の判断がものを言う。人様のカゴの中身やレジ打ちの手腕をチラリ見て、〝ここが一番スムーズかも〟という見極めだ。どちらかというと、この手のことにいつもは目敏《めざと》い私……。だが、このタイミングで〝ドロン〟が来てしまうと、普段の倍はかかってしまうから本当に嫌になる。重いカゴが、今以上に私の二の腕をたくましく太くしてしまうじゃあないか!?

さて、順番といえば、つい昨日もっとひどい目に遭《あ》った。それは都内23区に大量の雨が降るという予報のあった朝だった。羽田空港の保安検査場――。手荷物を持って順番待ちしていると〝ドロン〟がやってきた。

「あ〜、クラクラ、眠ッ。ドロ〜ンが……」私はなるべく人の少なそうな列を見直し、そこに移動した。少しでも早く待合室の椅子に腰かけたかったから。

レントゲンボックスまで、あと3〜4人というところ、突如、フロア係の女性職員が話しかけてきた。

「お客様は何時のご出発ですか？」

「エッ、富山まで」

「それでは、乗り遅れそうなお客様を先にご案内してもよろしいでしょうか」

「エッ？　乗り遅れ……ああ、どうぞどうぞ」

私は〝それは大変！〟と先を譲った。

が、どうだ。「沖縄便のお客様こちらへ」と案内されてやって来たのがザッと10人ほど。肩出し服のキャピキャピ女子やタトゥーをTシャツからのぞかせる若男たちが、涼しい顔で私の前にドヤドヤ割って入ってくるから驚いた。

「嘘、まさかこんなに～～!?」

私は一気に10人分後退となり、さすがにゲッとなってすぐに隣の列へ並び直す。

「こっちの方が早いよね。私、だるいんだから」

ああ、しかしながらこれが私の運の尽き。あと3人ほどで自分の番というところで、何と何と別のフロア係が登場！　私の前にいた男性に「恐れ入ります。お急ぎのお客様を先に」と同じお願いをし、そこにも10人ほどの人々が〝横入り〟してきて……。

「こんなことなら、さっきの所で待つべきだった。ああ、ドロンめ～～」

勘が鈍って、待てども待てども私は検査場を通過できないのでありました。

〝ぶつかり男〟に〝オッパイ泥棒〟

ウィークデイの朝、私は東京駅構内を歩いていた。8時12分発の北陸新幹線に乗るため。

日帰りの仕事ゆえ、荷物はリュックのみ。買ったばかりのオニギリの袋を右手に提げ、出勤する人々の列を乱さぬように、スピードやリズムを合わせてカツカツと私だって軽快に歩いてたつもりだった。……なのに、いきなり誰かが私に突進してきたのだ。

背後から猛烈な勢いで左肩にバンとぶつかり、「このやろう」と怒鳴られた。男の声だ。

私は反射的に「ス、スミマセン」と謝る。

すると30代くらいのカジュアルな格好の男がとがめるような一瞥《いちべつ》をくれ「チェッ」

と舌打ちまでして行ってしまった。

一体何が起きたのかさっぱり分からなかった。自分がなぜ叱られたのか……。荷物を引いてモタモタしていたとか、こちらが後ろからぶつかったのならいざ知らず、相手が私の後方にいたのだから理解できない。ただ、凄い剣幕《けんまく》だったので、ついこちらが謝ってしまったのだ。

「本来逆よ！〝何すんのよ〟って私がどやしつけるところなのに」

男の姿が人混みに消えた頃に、こっちは遅ればせながら腸《はらわた》が煮えくり返ってきた。

「私がなんで謝ってんのよ。バカじゃん。だいたい何よ、〝チェッ〟って。ひょっとして後ろからわざと若い女にぶつかったつもりだった？　なのに顔見たらババア!?もう、失礼しちゃう」

落ちついて考えてみれば、最近この手の〝女性狙いのぶつかり男〟が駅など人混みに出没しているというニュースを聞いたことがあったと思い出した。

物取りでもなければ、体をさわる分かりやすい痴漢でもない。若い女性にわざと激しくぶつかり、どやしつけ、「キャー」とか「ごめんなさい」とよろけるのを見て快感を覚える。変質的な嫌がらせ行為とでも言うべきものだ。

それにしても返す返すも不思議なのは、こういう時の人の心理だ。敵が正面からやってきて同様にぶつかっても、自分は謝らなかったと思う。せいぜい「ギャ〜」ぐらい。それが後ろからだと事情が飲み込めぬゆえ、つい強いものに巻かれて詫びてしまったと……。

実は私、この手の強烈な経験を若い頃にもしている。

長い坂道を夏服で上っていたところ、正面から下ってきた若い男に、すれ違いざま胸を思いっきりムニュッとつかまれた。

まったく予期せぬ出来事に、こちらは悲鳴もあげられず、ウッと低く呻《うめ》いて立ち尽くした。

まるで〝オッパイ〟をもぎ取られたみたいな痛みに狼狽《うろた》え、自分の手で大丈夫か確認する方が先だった。

「痴漢だ！」と認識し、振り返った時には男の姿はもはやなく、悔しさが後《あと》から押し寄せてきたものだ。

やっぱり正面からでも、不意打ちの〝オッパイ泥棒〟には打つ手なしなのか……

「クソッ、今度こそは絶対に」と自分自身に言いきかせるのでありました。

オバサンの日帰り旅

〝そろそろいいね〟と、コートやダウンジャケットをクリーニングに出した。だって、空を見上げれば真っ青に晴れ渡り、冬の影はなし。

「春かぁ、どこか行きたいなぁ」

仕事のついでじゃなく、一日脳天気に！　……そんな時間を過ごしたいなと思った。

旅番組の際に尾道で出会った『一楽』という中華食堂がすぐに頭に浮かんだ。細麺の尾道ラーメンにシャキシャキ大根おろしと梅が入ったあの味が忘れられない。

「でも尾道に日帰りは厳しいなぁ」

一番食べたいのはそのラーメンではあるけど、目的を食に定めるのは今回は止めておこう。

さあ、では何をしに？　あてのない旅は、恋まっしぐらの若い二人に似合っても、

オバサンの旅行には如何なものかとさらに悩む。それでも一緒に行ってくれそうな友人A子に投げかけてみた。

「私、気になってんのは子供のお礼参りのことなの。昔、奈良を旅した時に、とある神社でご祈禱《きとう》してもらったんだけど、息子も無事大学4年生だもん。ここらで神様にお礼に行かなくちゃ」

A子の希望を聞いてビックリ！ その神社というのがパワースポット中のパワースポット、私もいつか絶対に行きたいと思っていた『天河《てんかわ》大辨財天社』であった。

それはぜひにと、調べてみた。東京から京都へ。近鉄線で橿原《かしはら》神宮前乗り換え、下《しも》市口《いちぐち》下車。さらに日に3本のバスにて1時間余り。朝8時10分の新幹線でスタートすれば目的地に2時間いて、その日のうちに戻れる計算。日本三大弁財天の筆頭で、多くの聖人やアーティストも魅了してきた聖地に、そんなわずかな参拝時間で大丈夫かという不安もありつつ、「それでも、ひと目でも！」との思いから参拝を決心した。

さて当日。予定通りに朝7時に家を出、A子と東京駅でおち合った。スムーズに乗り換えができ、幸いなことに下市口でタクシーがつかまった。バス待ちの時間がなくなったのと、タクシーで道のりが短縮したことにより滞在時間が1時間半も延びた。これぞ神のご加護と、私たちの気分はアゲアゲに。

標高600mでまだ冬の気配が残る中、山里は梅の花が満開であった。

ひときわ高台にお祀りされたお社には、パワースポットと呼ばれるような激しさはなく、清々しく穏やかで何とも暖《あたた》かな気がみなぎっていた。社殿の前に佇《たたず》み、私たちはお喋りを慎《つつし》み静かに1時間過ごした。

「何とも言われぬ心地。来て良かった」

神社前の甘味処で名物の葛湯やわらび餅をいただきホッコリ1時間。さらには神社から歩いて約3分の所にある天《てん》の川《かわ》温泉へも。天然のナトリウム炭酸水素塩泉の露天風呂に浸かっていると、人生に疲れた肌がしっとり慰められた。

大阪からの神社日帰り5人グループさんに、温泉に長く浸かっていられる秘訣も教えてもらって——。

「こうして、お湯から両手出すんよ〜。掌がなぜか冷えてきて、これを顔や首筋に。ねっ！」

天空に向け掌をかざすオバサン集団は〝これ、不思議な祈禱みたいかも〟と皆で大笑いしたものだ。

日帰り旅、ぜひぜひ〜〜♡

人間ドックという名の院内旅行

全ては私の〝ちょっとだけなら〟という甘い考えが災いしてのことである。

何が?って、日帰り人間ドック前夜の行動。翌日は検査がズラリ控えているゆえ、食事は21時までに済ませるべしと注意事項に書かれてあるにもかかわらず、私としたことが、代々木上原の居酒屋でガッツリ盛り上がってしまった。

「ヤバイよ、10時回ってる。でもイベリコ豚のスパイシー焼きとポテトサラダがまだ来ない。〆のヅケ丼も。仕方ない、ワインももう1杯!」

いか〜ん。帰るべきだったのに。

案の定、翌朝7時45分からの検査は最低だった。

過去最高値の体重にギョッとなり肥満宣告をグルグル回る頭で聞く。血液検査や尿検査が、ドーピング検査のように思え、二日酔いがバレたらマズイと怯《おび》える。

早朝起床での眠気はマンモでオッパイを挟まれ吹っ飛ぶが、胸部・腹部CTや超音波検査室の暗闇で再び睡魔が……。しかし、まったり良い気分になったところに、本日のメインイベント、胃の内視鏡検査の番となる。

「ムロイさん、検査中、画像見ますか？」

検査台に横たわりマウスピースをはめた私に質問が。

どうしよう……。二日酔いで見たかないし。でも、もし昨夜《ゆうべ》のイベリコ豚が胃の曲がり角なんかにひっかかってたら、〝それ、ポリープじゃないっす〟と説明しなきゃならないし……。仕様がなく、私はOKサインを示した。

「ああ……イベリコ豚……エイヒレ……イカ刺し……」

いずれかに出会うことを覚悟してモニターを見つめる。が、私の消化液は強烈なようで、胃はカラッポだ。私は心の内で「自分、やるじゃん！」と褒め称える。ただし、衰弱した体に長いホースを突っ込まれ、この体は悲鳴をあげて左目から涙が出た。

いやいや、規則を破ったのは私の方だ。私はこっそり涙をぬぐって、次なる脳検査のＭＲＩ室へ向かう。

「良かった。ここでまたしばらく横になれる」

私は大きな機器の上でホッと胸を撫でおろし、耳栓をつけられた途端に深い眠りに落ちた。

「ムロイさ〜ん、ムロイ……、検査終わりです」

次に目を覚ましたのは検査技師さんの声でだった。私があまりに爆睡していたからか、彼は呆《あき》れ顔。「あの凄い音でよく眠れますね」と言いたげであった。

「さあ、もうふた山、み山、越えなきゃ。階段上り下りの負荷心電図や、息を限界まで吸って吐いての呼吸機能検査も……」

次はどの検査なら眠れるかをコッソリ考えつつ、人間ドックという院内旅行は続くのでありました。

何だかあなたと一緒に寝てるみたいで

「眠れなかったんです、昨夜《ゆうべ》」

目の下に隈《くま》を作って私に訴えかけてきたのは、まだ若い女性ADちゃん。観光地のビジネスホテルに〝旅ものロケ〟で宿泊中のこと。

「何々？　どうしたの？　不気味なモノを真夜中に見ちゃったとか？」と問い返す。

「いいえ、それがニオイが……」

「ニオイ？　下水が上がってくるとか？」

「ううん、水回りじゃなくって、ベッド。シーツが臭うんですよ」

「ヤダッ、ベッドメーキングしてくんないの？」

私は眉を顰《ひそ》める。すると彼女も同じような顔になって……。

「香水の匂いがビンビンなんです。ドライクリーニングしても取りきれないのよ」

「あるある、時々。分かるわぁ。強烈なつけ方する人いるからね」

「ズバリ、外国人の男。イタリア人よ！」

次第に興奮してその声が高くなる。こちらは、イタリア人とまで特定することにハテナとなって相槌が止まってしまうが、ＡＤちゃんはいよいよ核心に触れた。

「私たち、今日でこのホテル４日目だけど、そのイタリア人を何度も見かけてるの。廊下とか、ロビーとか。昨日も一昨日も朝食のビュッフェにいたし。とにかく凄い香水男なんですよ。鼻が曲がりそ〜と思って、私、朝食の席を離れたんですもん」

「その男の匂いなの？　シーツから出てる匂いって」

「間違いありません！　きっとここに滞在してて、あちこち観光してんじゃあないのかしら。イタリア男が使ったシーツがクリーニングから戻って、私のベッドに敷かれちゃったんだわ。私、あいつと一緒に寝てるみたいで、気持ち悪くなって……」

　彼女は最後は少々涙目になったものだった。

　シーツとまで行かずとも、チェックインしてホテルの部屋の扉を開けた途端、前の使用者の残り香がフワッと漂ってくることは、けっこうあるものだ。海外からの観光客が増える中、香水やアロマ、部屋置きにしていた食材（キムチやニンニクなど）の臭いが消し切れていないことが……。

異国の人の文化や習慣ゆえ仕方がないのだけれど、匂いに敏感な人にとってはキツイこともあろうかと思われる。

さて、かく言う私だが、以前海外ロケ中にホテル側から異文化（？）に対する苦言をいただいたことがある。

それは部屋の四隅に置いた盛り塩に対して。間接照明のムーディーなホテルが怖い女性陣の間で〝厄払いの盛り塩〟が流行ったのだ。

「ティッシュの上の白い粉は何だ？」と不審に思われ、ロケ隊の責任者が説明すると「うちに悪魔はいない」と厳重注意。

私たちは泣く泣く〝白い粉〟を捨てたのでありました。

このままじゃあ一生の恥

あれは確かマツコ・デラックスさんが出演されてる深夜番組。街行く人々に様々なお題や質問を投げかけるコーナーだったと記憶する。

「あなたは外出先で温水洗浄便座を使用しますか？」とスタッフが老若男女に聞いたところ、その答えは見事に真っ二つに分かれた。〝使用しないと気持ち悪い派〟と〝使用するのが気持ち悪い派〟に……。

〝そもそも自宅でも使っちゃいない。トイレットペーパーで充分だ！〟という人はさて置き、両者には絶対的な言い分があり、「こりゃあなかなか深い話だわい」と私も夜中に興味津々。

ポイントはやっぱりノズルか!?　人が頻繁に使う割に、トイレ掃除がそんなにしょっちゅうされているわけではあるまい。ノズルが清潔に保たれているかどうかが気になるのはもっともだ。……ただ、昨今の製品は使用後にしっかりノズルを洗う機能が付いてはいる。我が国の温水洗浄便座の機能向上は目を見張るものがあり、自動で開け閉めしたり、温風を出したり、歌ったり、香ったり、そりゃあ至れり尽くせり。そのうち、パンツも穿《は》かせてくれるんじゃあと思えるほどなんだから、ノズルの衛生面を信用してもいいんじゃあという気持ちも分からないではない。

いやいや本題に入ろう。自分がどっち派かなんてこの際どうでもよい。実は私、そんなテレビを見た数日後、地方のホールのトイレで大変な思いをしたのだ。

あと10分で舞台に上がるというタイミングでトイレに入った。トイレ内はとても清潔で新しいタイプの便座のように思えたので、私は思わずボタンを押してしまう。テレビのことが頭をかすめ、試してみたくなった。

ところが、ギョッとなるほどの水圧のお湯が、お尻目がけて噴射されてしまう。ジェット噴射だ。慌ててストップボタンを押すが、どういうわけか止まらぬではないか!?

「嘘、なぜ？　まさかよね〜」

何度も何度もストップを押す。が、ダメだ。とりあえず、水圧を下げるべく隣のボタンも押してみるが、まるで緩む気配なし！

「壊れちゃってんの？　ヤバイ……ああ〜」

登壇の時は刻々と迫っている。

このままではまずいので立ち上がろうと腰を少し浮かす。ひょっとしてセンサーで止まるとか……。ダメダメ！　このまま立ち上がればこのお湯は一気に噴水と化し衣装もびしょ濡れとなるだろう。ならば手を伸ばし扉を開けつつ飛び出す策はどうだ？

……でも、そこに万が一誰かいたら。私、出演者なのに、一生の恥だ。

「お尻痛いし、もう限界！　お願い止まって」

私は仕舞いには半ベソ状態でリモコンが設置された壁を叩いたのだ。何と止まった。気持ちが〝便所の神様〟に届いたのか、噴射はピタリと止み、ギリギリで私は事無きを得た。やっぱり外出先での使用はもう止めようと思った。

憧れの東京　名所はどこ？

地方に住む友人が電話をよこした。週末、一人息子の大学見学に家族で上京するが、ホテルはどこが良いかという相談。

「そりゃあ志望校に近い宿がいいんじゃない？　明治なら御茶ノ水の山の上ホテルとか、早稲田ならリーガロイヤルホテルとか。もろ大隈庭園や講堂の時計塔が見えるわよ。やる気出るんじゃない？　ちなみに東京見物はどこ行くの？」

私が話を振ると友人はクスリと笑い、「うちの子が東京で一番行きたい所、どこだと思う？」と返してくる。

「やっぱしスカイツリー、いや築地とか？」

「ブー、ハズレ。絶対行く気なのは、渋谷のスクランブル交差点と銀座四丁目の交差点だってさ」

私は驚いた。外国人の間で渋谷のスクランブルが人気なのは有名だが、まさか高校男子まで!? 何ゆえかと聞くと、それはさんざんテレビや映画の映像を見ているので、どうしても実物をという気持ちなのだと言う。

「そっかぁ。〝一度で3000人渡れる世界一忙しい交差点〟って言うもんね。渋谷のはニューヨーク五番街のスクランブルをヒントにしてるらしいよ。銀座和光の時計塔にも行くんなら、伊東屋で文房具見たら？ リニューアルしてレタスの栽培してる巨大ケースが置いてあるのよ。あと、せっかくだから〝はとバス〟に乗るとか、パパの楽しみに両国で相撲もありよね」

私は東京旅行を家族で楽しんでもらいたいとあれこれプランを提案してみる。

ところが彼女、こちらがダンナの名を口にした途端、あからさまに声のトーンを下げ始めた。

「いいのいいの、パパはいい。東京の名所なんて興味ないから。それよりパパはコンビニやDVD屋で立ち読みとかしたいみたい」

彼女曰く、パパは中学の教師ゆえ、田舎での私生活にそれはそれは気を使っているのだと。

〝先生、コンビニさ行って週刊誌の裸、立ち見してたばい〟とか、〝駅前のスナックで10曲も歌ったそうな〟とか、〝薬局で強壮剤買う姿、あやすいね〜〟とか……。普通の人にとってはどうってことのない目撃談が、教師ゆえふさわしくないものとして評判になってしまうというのである。

「パパはいいの、解放してあげるの。思う存分立ち読みして、年内、もう少し頑張ってもらわなきゃ」

友人は、電話口で、〝私もいろいろ大変なのよ〟と言いたげでありました。

やっぱり使い捨てスリッパが好き

ホテルや旅館でどんどんゴージャスになっていく物にアメニティーグッズやスリッパ等の備品がある。

シャンプー類やボディークリームが有名ブランドのオリジナルミニ製品であることも多く、ゴッソリお土産にもらってきたりする。高級ホテルでゲットしたアメニティーグッズを、ロケ等で長期滞在する安価な宿で使用するという風なローテーションだ。

そんな中、自宅で普段使いしている物が、スリッパだ。玄関には来客用のスリッパを置いているが、私自身はある頃からずっとあの使い捨てスリッパ。とにかく薄くて軽くて楽チンだ。重たい服が家の中では苦痛と感じるように足元も軽ければ軽いほど良いのだ。しかも、汚れを目で感じたならば、すかさず〝おニュー〟にチェンジできるのでサッパリする。

ダブルやセミダブルの部屋の時は不使用の1個を持ち帰り、連泊の時には清掃の都度備えられた新しいのをトランクの中にキープする。飛行機のアッパークラスや新幹線のグランクラスなんかに乗せてもらっちゃった日にゃ〜、もう嬉しくってたまらない。使い捨てスリッパといえども厚手でスコブル立派なのだから。サスガ〜なのだ。

さて、そんな簡易スリッパ愛好家の私が、少々奇異に感じる人物に出くわしたのである。夜、新宿から乗った特急『あずさ』の中。私は通路向こう右隣の若男の足元に何となく視線を向けると、そのまま目が離せなくなった。

「嫌ッ、スリッパ、いつの間に？　ここ普通の指定席なのに、そんなサービスあるの？　……まさか、自分のスリッパ？」

注目していると、お兄さんは私のクエスチョンに答えるみたいなタイミングで立ち上がりお手洗いの方に……。

「嘘ッ、トイレにもスリッパで？」

私は辺りをチェックせずにはいられない。

自分の席に座ったまま体を折って、座席の下に彼の靴があるのか確認をした。しかしながら何も見当たらず、靴が入っていそうな手提げや紙袋は席の横にも網棚の上にもなかった。彼が所持しているのは薄い書類ケースのような物と、ミニテーブルに置かれたチューハイとアイスクリームだけのように見えた。

「つまり彼、自宅からスリッパを履いてきたの？　スリッパが靴ってことなのかしら」

私はいよいよ怪訝《けげん》に思って、戻ってきた彼の動きに注目する。もしや足のどこかを痛めていて靴が履けないのかもと……。

「いや、しっかりした足どり。元気よね」

ということは、この若男も私同様、〝やっぱり使い捨てスリッパが好き〟なのかも。

「でも、そんなに？」

スリッパをパタパタしながら、アイスを肴《さかな》にチューハイをあおるのってどうよ!?

時と場所をわきまえねば、使い捨てスリッパは人を怯《おび》えさせるものらしい。

ありがたいけど、正直言って怖いです

東北のとある温泉街を訪れた。

仕事が終わると、「今夜はごゆっくり」と近くの旅館をお世話してもらう。山あいにあるひなびた古い宿。とても風情があり私好み。

しかしながら、部屋のサイズがいささか気になった。「一人ですので、小さなお部屋で結構ですから」とお願いしてあったにもかかわらず、メッチャ広い客室じゃあないの。

仲居さんがお茶を運んでくださったタイミングでもう一度言ってみる。

「お部屋豪華すぎちゃって、もったいない」

「何をおっしゃるの〜、どんぞどんぞゆったりと羽を伸ばしてくなんしょう」

「でも、別間が2つにベッドの洋室まで。私、お布団敷いていただきたいので使わな

いですし。どうか小さなお部屋に……」

食い下がったが笑い飛ばされてチェンジは叶わなかった。いや、それどころか、却って余計な情報まで耳にしてしまう。

「今日は平日だから空いてんですぅ。この別館なんてお客様一人だもんで、何も遠慮しなくてもさすけねぇですぅ」とのこと。

たちまち胸の内がザワザワし始める。だって私、かなりの臆病者なのだから。別館にたった一人〜？　ハッキリ言って何か出ないか心配なのだ。

地方へ行くとテレビ等で見た顔だといって、身分不相応なほどに気を使ってもらうことがある。

離れ家で、皇族の方々がお泊まりになったとかいう格式高いお部屋。高価な掛け軸のみならず甲冑や刀剣まで飾ってあったり、なんと水車が回る露天風呂があったり……。二人っきりになりたいカップルならご機嫌かもしれぬが、オバサン一人にはちょっと……。

しかしツベコベ言う間もなく、私の一人温泉は始まってしまった。本当に誰も宿泊客の姿を見ぬまま、一人で露天風呂や釜風呂、大浴場にサウナを楽しみ、新鮮な海の幸山の幸をいただく。――こうなりゃ、超満腹になってコロリと寝こければ良いのだと自分自身に言い聞かせて。

ところが、お殿様気分のままなんて、そうは問屋が卸《おろ》さないのである。部屋に戻って寝支度を整えているうち、妙なことに気付いてしまったから、さぁ大変！

トイレの引き戸がなぜだか開いたままだ。どこにいてもトイレの戸はもちろん閉める習慣だが、気になって意識して閉めた。そして寝しなにもういっぺんトイレに……。なぜか引き戸は全開!!　たちまち私の中の恐怖の扉も開いてしまって、フカフカ布団に横になろうとしても眠れやしない。

「や、やだ蒸し暑くなってきちゃった。だ、だから不気味なのよ」と、室内をカラッとさせようと冷房を点けた。するとこれが恐怖のスタートボタンを押したかのごとく、室内に変化が起こり始めてしまうのだ。

衝立《ついたて》にかけた薄手の羽織がヒラヒラ揺れるのにギョッと目を向けると、次の瞬間、部屋じゅうの襖《ふすま》がスーッと開き始めた。

誰もいないのになぜ？　クーラーの風で？

建物が古すぎて少し傾いているのか……。まさかそれが機械の振動や風でス〜ッと？

開いた襖が今度は勝手に閉まったりはしないが、私としては叫ばずにはいられない。

「キャ〜」だった。

イライラ、クサクサが消える時

金曜日、山形に向けて新幹線に乗り込んだ。

山形へは、ＣＤアルバム『8つの宝箱～いとしの毛玉ちゃん～』発売を記念してのしげちゃん一座のキャンペーン・アンド・ライブ。それゆえ私はステージ衣装や絵本、ＣＤまで入っていつもながらの大荷物。

大きなトランクをガラガラ引きながら自分の座席を探す。「どうか隣が空席でありますように」と願いながら……。

しかし残念ながら通路側にはすでにサラリーマン風の青年が座っていて、スマホをいじっていた。私のトランクは大きすぎて網棚には載らず、自席の足元に立てるしか方法はないと思われ、青年に声を掛けた。

「スミマセン、ちょっと通してくださいな」

青年はあからさまに不快な顔になり、立ち上がろうともしない。「オバサン、そんなトランク足元に置く気かよ。オバサンの足はどうすんだよ？」という心の声が聞こえた気がした。よって私は諦めて一番奥の、まだ誰もいない座席の裏側に横に倒して置いたのだった。

さて、戻って私は青年の前をカニ歩きしてようやく自席についた。

座って初めて気付いたが、山形新幹線は車体の幅が他の新幹線に比べ、スコブル狭いのだ。当然座席も少し狭い。それで青年のごっつい肘《ひじ》が、細い肘掛けを時折はみ出してくる。私は朝食の天むすや天然酵母のクルミパンを身を細くして遠慮がちにかじった。

「何さ、せっかくの朝食なのに。もお、息苦しくって、リラックスして食べらんない！」

決してあからさまではないが、私たちの〝嫌なカンジ〟はその後も続いた。電話に出ようとする彼をギロリ睨《にら》んだり、肘がぶつかり合ったり……。

クサクサした空気が流れて1時間ほどした頃だ。突然青年の声を聞いた。私に発したのではなくワゴン販売のお姉さんに、「サンドウィッチ一つ」と。しかしながら朝食にサンドは大人気だったらしく「もう売り切れてまして」との返事も私の耳元に届き、さらには青年の落胆した溜め息も。

金曜の朝にスーツで乗車となれば、彼は日帰り出張といったところだろうか。朝食をしっかり食べておかねば、仕事に身が入らぬだろうに。もちろん、そんなこと、私の知ったこっちゃないけどさぁ……。でも……。

「もし良かったら、これどうぞ」

私は自分が一番楽しみにしていた手作りコロッケパンを青年に差し出した。彼は一瞬キョトンとなって、次に真っ赤になった。

「いえ……そんなぁ……」

「いいの。私、買いすぎてお腹いっぱいなの。これきっと美味しいわよ」

青年は頭を掻きつつパンを受け取り、「凄く、旨いです」と何度も礼を言った。

私たちの間にもう不協和音はなかった。

米沢で降りる際、「お礼したいから連絡先を教えてください」と言ってくれた青年を、「今度どっかで会ったら、サンドウィッチご馳走になるから」と笑顔で送り出したのでありました。

股下サラサラ、いい感じ？

友人K子の家へ遊びに行くと、彼女のお母さんが私を見るなり大笑いする。

「うわっ、ウンコパンツ！　やあねぇ、恥ずかしいこと思い出しちゃうじゃないの」

ムムム、これが何か？

私が穿《は》くのはサルエルパンツだが、その食いつき様にキョトンとする。

「実はね、うちのママ、つい先日、パンツ式の紙おむつデビューしたの。久しぶりに大阪に帰って宝塚の夏公演を観たいって言うもんだから。ほら、会場のお手洗いって混むし、せっかくなのに粗相《そそう》しちゃったら台無しじゃない？」

でも最初はお母さん、K子の提案を頑《かたく》なに拒んだのだそうだ。

そりゃあ気持ちはよく分かる。いくら80歳とはいえ、若返ってお洒落しようと思っているのに、紙おむつなんかさせられちゃあ悲しくなるではないか。

「じゃあ、私も穿くならいいでしょ？　って言ったの。私、いつも保育園で子供の面倒をみてるから、けっこう詳しいの。最近のは薄くて優れ物なのよ」

そうか！　彼女は長年保育士をしているから、紙おむつの価値を熟知しているのだ。

親子は出発する前日、購入した紙おむつを各々穿いて、1階と2階のトイレで一斉に試してみたそうな。

私はさすがにその奇抜な行為に驚き、その先の感想を息を止めて待つ。「ど、どんなカンジなのかな？」と興味津々の私に、先に答えてくれたのはお母さんの方。

「だからね、あなたが今穿いているそのウンコパンツみたいなカンジなのよ。股下がモッコリするっていうか。でもゼリー状になって固まるから、肌感はサラサラでちっとも気持ち悪くないし、臭いもまったくないの」

お母さんはスコブル楽しげだ。そしてA子自身も……。

「ハッキリ言って2回はいけるわね。本当に今のは凄いんだから。逆にね、良すぎちゃって今の子供はおねしょが治らないのよ。ほら、ちっとも気持ち悪くならないから、分かんないのよ。布おむつや紙おむつでも吸水性がさほどじゃなかった時代は〝気持ち悪ッ！〟って思うから、すぐにおむつがとれたわけ」

ナルホド〜。現代は大人には便利でも、子供には難点もあるようだ。

さて、それにしてもK子親子の話を聞いて思う。紙おむつは若者であろうと、災害時用として買い置きしておくといいなと。

旅行に、コンサートに、非常時に、紙おむつが私たちを守ってくれるかもしれない。

その女に見えたものは、何ッ!?

春の夜、イチゴのカクテルが飲みたくて、銀座のBARを訪れた。

カウンターの片隅で一人、時折バーテンダー氏と談笑する。ウイスキーを2杯飲み干し、3杯目に本命のイチゴを注文。……するとそのタイミングで隣の中年女性がカタンと立ち上がった。顔馴染みでも何でもない。ところが、この見知らぬ彼女が私の目の前に何やら紙切れを差し出して薄く笑ったので、思わず後ろ姿を見送った。「何だろう……」

メモを読むと、私は心臓がキュッと縮みあがり、「ヒャッ!」と小さく叫ぶ。だって、そこには〝旅先で車輪に注意〟と書かれてあったのだから。

「誰ッ？　今の人。占い師？　霊能者とか？」

こちらは泡食《あわ》ってそんな質問を投げかけたが、バーテンダー氏は小首を傾けるばかりだった。

さすがに私としては良い気がしない。２日後の地方出張ではひどく気を張ったもの。タクシーの運転手さんに、さかんにスピードを落とすよう、後部座席で小うるさくしてしまう。

幸い仕事先で予言が的中するようなことは起こらず、ヤレヤレと帰路についた。が、この新幹線の車中でちょっとしたトラブルに見舞われる。

手洗いに立ち、戻ってみるとオレンジ色のトランクが消えており、「スワッ、泥棒！」と青ざめた。車掌室に駆け込もうと車両後方に向かう。と、自動扉が開きかけた時に自分の視界にオレンジ色のものが入ってきた。

「あった！　私のトランク」

それは1番のA席にチョコンともたれかかっていて……。

「コラッ、どこ行ったのかと思ったぁ～」

私はまるでうちの愛猫を叱るような口調でトランクに言い放つ。すると、すかさず通路の反対席からご婦人の声で、「ピューッとお散歩なさってたから、私がお預かりしてましたのよ」と品良く注意されてしまうのだ。

私のトランクの車輪にはストッパーがない。〝旅先で車輪に注意〟とはこのことだったかと、ヒヤヒヤしつつも納得するのだった。

さて、実はこの話、ここでは終わらない。

さらに2日後に、私はこれで本命的中という目に遭《あ》ってしまったのだ。

連休に温泉などに行けなかった分を挽回しようと、私は友人を誘って6駅先の大型スーパーへ、バーゲン大量買いにと繰り出した。

電動自転車の前後にすずなりに荷物を積み、ご機嫌でサドルにまたがる。と、じきに後部車輪がガタンゴトンとひどい音と振動を発するではないか？　行きはスムーズだったのに変だと思い確認する。後ろの車輪がペッタンコになっていた。

パンクかと思いきや、よく目を凝《こ》らすと、空気穴のゴム蓋《ぶた》が消え、ねじ式のバルブが抜き取られているのに気が付いた。

自然に外れるわけがない。誰かの悪意にみちたイタズラだ。

「ああ、車輪に注意はこれだったのかぁ〜〜」

私は6駅分の長く険しい道のりを荷馬車を引くごとく、汗だらけになって歩いたのでありました。

ある日突然のゴボッ

春だ。桜の花が咲きほころび、誰もがぶ厚いコートを脱ぎ、そよ風のリズムに乗って闊歩《かっぽ》したくなる季節がやってきた。

別段ハッピーなことなどない私も何となく浮かれて、朝、下足棚の扉を開けた。

「そうだ、あのスニーカー、随分履いてないなぁ。せっかくの宮崎なんだから、あれにしよう」

私は姿勢が美しくなるという売り文句の赤いスニーカーを履いて、羽田へと向かった。

朝とはいえ、休日のＪＡＬカウンター前は大混雑。トランクを預けて、朝食をとるためにレストランへと一歩踏み出したその時だ。私は何かに足をひっかけて転《こ》けそうになった。

「オットト、危ない。何さ空港なのに、ロビーに段差があっちゃあ、いかんでしょ」

出っぱりポイントを振り返って毒づきかけた。が、そこには何もない。ハッピーなことがない上に、足まで弱くなってどうすると、自分の足を睨《にら》みつけ、初めてその事態に気がついた。何と、靴底が取れかけ、つま先が皮一枚でつながりブラブラの状態！　さては、自分で自分のゴム底にひっかかったのだと理解した。

「嫌ッ、またやっちゃった〜」

実は私、以前にも同じ目に遭《あ》っている。やっぱり空港、あれはＡＮＡだったっけ。待ち合わせの時計台で、でっかいゴム底を手に持ち、茫然と立ちつくす私を見つけた友人が、「カレーのナンを立ち食いしてんのかと思った」と目を丸くしたものだった。

ゴムの劣化は本当に悲しい。ゴボッ、ガバッ、ボロッという迫力で、ある日突然、確実に起きてしまうのだから。

私とて、買ったスニーカーはすぐ履くべきと身に滲《し》みている。分かっちゃいる。なのに何かと物を土蔵に仕舞いたがる富山県人のＤＮＡがなかなかそれを許さないのだ。

ならばと私、対抗策として、靴底の加水分解を防ぐためにラップを巻きつけて保存にも努めた。……なのに。

「この世の全てのものは、いつか滅びるのね」

私はスニーカーの寿命が私たちオバサンに酷似しているように思えた。そして、ガックリ肩を落としつつ、遠くに見える髙島屋の看板を目指すのだ。

「あそこで、とにかく靴を買わなきゃ」

摺《す》り足のその底から、真っ黒なゴムの塊や粉が堪《こら》えようがないといったカンジで落ちていく。

心配で振り返ると、自分の歩いてきた道筋がまるで〝ヘンゼルとグレーテル〟のパン屑のように刻印されており、さらにその後ろから〝お掃除ロボット〟らしき物体が後始末をしながら私を追いかけてくるのでありました。

私の痕跡、残ってませんか？

富山の友人から荷物が届いた。

何だろうと開けてみると、そこには見覚えのあるカジュアルコートが入っている。

「ユニクロのチェック柄。新品……じゃないし、しかも、これ、私が持ってんのとソックリ……いや、同じじゃん？」

突然に何のプレゼントかと首を傾げるうち、箱の中に手紙を見つけた。「シゲル様、5月のライブ楽しかったよ。お送りしたのは貴女さまの羽織り物です。実はあの日、私も同じカジュアルコートを手にさげて楽屋に伺いました。差し入れだ何だとバタバタしてるうちに、間違ってそちらのを持ち帰ってきたみたいです」

私の方こそ本番前で何も気付いちゃあいなかった。でも、確かに帰り際に袖を通して「あれ？」と思ったのも事実。何というかちょっとした違和感を覚えたのだ。

私と友人のサイズは変わらず、ともにコロンの類いはそんなに使わないので、特徴的な匂いが服に付着することはない。なのに何かが……。洗剤の香りなのか、家の中の空気臭とでも呼ぶべき匂いが鼻先をかすめ、さらに体にフィットする感触が違うように思えたのだ。ほら、長年愛用したTシャツが次第に自分の体形そのものに変形してしまうことがあるではないか。

おそらく友は私と同じ感覚に陥り、〝この服は自分のじゃない〟と結論付けたのかもしれぬ。

さすが友！　と私も大きく頷《うなず》いたものだが、手紙の末尾に次のように綴られていた。

「お宅の猫の毛がやたら繊維の中に絡みつき、もしやと思って楽屋で撮った写真をチェックしたら、同じ服が2枚写ってました。フフフ、探偵バリ。それにしてもおそろいなんてね」

私はプッと噴《ふ》き出した。だってうちに滞在中の彼女の服の方にも、すでに猫毛は付いちゃっているに違いないのだもの。

さてさて、このような洋服の取り違えは珍しいと思うが、温泉宿で履き物でもめるご婦人はよく見かける。

目印となる札付きクリップを利用しているにもかかわらず、誰かが自分の草履《ぞうり》を履いていった時に大騒ぎとなる。

「違うわ、これアタシんじゃない。足の裏はすんごい敏感よ。分かるの。足の裏が記憶してんだもの。私の草履が新しくってきれいに見えたから、誰かがそっちをつかけてったに決まってるわ」

せっかくきれいに洗いあげた足が、他人の痕跡に触れる気がして嫌悪するのは分からないでもない。

ただ……、それにしても凄い足の裏のようである。

コラム❶

「お邪魔じゃなければ連れてって」旅グッズ

◎シワ加工のシャツやワンピース

旅先でのアイロン掛けは時間の無駄！　かといって、ションボリした服装で１日過ごすのも元気が出ない。ついては、最初っから、シワシワのデザインの服なら何の心配もいらない。〝アイロン掛け時短〟で、旅先の計画を増やそう〜。

◎着替えは洗濯ネットに入れて出掛けよう

下着やＴシャツなど自宅で洗うものは大判の洗濯ネットに入れて行こう。ホテルで取り出し、今度は使用したものから順にネットの中に収めていく。帰ったら、そのまま洗濯機の中にポンッ！

◎最小限の薬は持って行くべき

万が一、夜中に体調がすぐれぬことに気付いても、風邪の初期や食べすぎならば、市販の薬が効くこともある。宿泊施設によっては、薬を一切置かぬ所もあるので要注意。あと、虫刺され薬や絆創膏もね。

◎小さなリュックかトートバッグ

帰宅する朝にパンパンの旅行鞄を宅配便で自宅へ送るのも一案だ。最後の時間を軽装で楽しもう。

◎これがあると、すんごく快適3点セット

・耳栓（できれば飛行機用）……雑音ばかりか気圧の変化にもグッド。
・アイマスク……蒸気ホットアイマスクなら、疲れも取ってくれますよ。
・抗菌ティッシュ……公衆トイレでも、食べ歩きや食べこぼしの際にも使える。

◎一応持っていて邪魔にならぬもの

・マスク　・100円ガッパ　・LEDミニライト
・風呂敷　・保険証のコピー　・アメちゃん

◎場合によっては助かるかも?♡

・ゴルフボール……お風呂の栓が古くてダメなとき。足が疲れたときには、片足ずつ載せてコロコロマッサージも。
・盛り塩……せっかくの旅行で眠れぬのは損！
ひと塩のお祓いで安眠できるなら、安いものだと思います。

第2章

幽霊の正体見たり旅先で

幻でも会いたい人、それは誰？

憧れの奈良ホテルを訪れた。

明治42（1909）年に〝関西の迎賓館〟として創業したこのホテルは桃山御殿風檜造り。日本屈指の気品あふれるクラシカルな宿だ。

「わぁ、来館者のセレブっぷりが半端ない」

さりげなく飾られている古い写真や解説文には歴代の皇族の方々はじめ、高浜虚子、アインシュタイン、エドワード8世、チャップリン、ヘレン・ケラー、マーロン・ブランド、ダライ・ラマ14世などについて記されてある。

私はオードリー・ヘップバーンが写真を撮ったという階段の踊り場で、記念撮影！時を経て大好きなヘップバーンと同じポーズをとることに、勝手に一人うっとりとなったものだ。

そしてその夜、仕事仲間たちと『ザ・バー』で飲み出すや、明治の趣《おもむき》さながらの雰囲気に包まれて、私たちはカクテルを何杯もあけてしまうのだ。

「ステキねぇ。昼間はお庭の緑がはえて超明るいのに、夜はランプやシャンデリアの灯りだけをともすのねぇ」

館内の表情は昼夜でガラリと変わり、その暗さと静寂に、あたかも古き時代へとタイムスリップしたかのように感じられるのだった。

さて、いつの間にかすっかり飲みすぎてしまった私は、途中、お手洗いへと一人席を立った。千鳥足でフラフラ館内をさまよう。

辺りに人気《ひとけ》はない。浮かれ気分が次第にナリを潜めた。

「超ゴージャス……で…も、ちょっと怖ッ」

BAR同様、廊下も暗く、ひっそり静まり返って自分の鼻息ばかりがスーハーと耳に届く。クラシカルは好きだけど、一人で味わうのは勇気がいるというものだ。

ムードは充分満喫したので、早くトイレを済ませて仲間の元に戻りたくなった。

迷子になりかけた時、私はようやく〝W・C〟の表示を見つけて中に駆け込むが、ホッとしたその直後だ。

私の目はあり得ないものを見てしまう。

「キ……キ……キヤ……ア〜〜〜〜」

私の前に立ちはだかったもの、それはチャップリンでもアインシュタインでもない。偉大な故人の幻影ではなく、生身の男……。お腹のタップリしたツルツル頭のオッチャン。いや、彼がお化けか否か確かめようもないが……。ただ、〝なぜ、オッチャンが女子トイレに？〟という猜疑《さいぎ》心がゆっくり頭をもたげ、ひどく間抜けな悲鳴をあげるに至った。

真夜中に待ち伏せか？　キモ試しか？　その真相は分からぬが、あちらも私を見て驚き、聞きなれぬ中国語のような言葉を呟きながら退散されたのであった。

歴史あるホテルで忘れられぬひと夜になったものだ。

私の背後の透明なお人よ

サマーライブ出演のため、福島県の磐梯《ばんだい》熱海温泉を訪れた。

熱海というからには目の前にさぞかしデッカイ大海原かと思いきや、海からは離れた、のどかな高原の温泉地であった。

南北朝時代に、お公家の娘・萩姫が不治の病にかかり、〝湯治して全快〟と語りつがれる伝説もあるくらいの温泉で、磐越三美人湯に数えられるほど湯質が良い。「こりゃあライブのついでに結構なバカンスだ!」と私は大はしゃぎしたものだ。

しかしながらただ一つだけ、何とも気になる不思議なことも起こった。

本番前日の夜、リハーサルを済ませ、出演者とスタッフで宿近くのお店に入った。座敷に上がった9名が生ビールで乾杯後、刺身や天ぷらをつまみながらワイワイと盛り上がる。

さて、そんな中、私はあることが気になり始めるのだ。私の右隣がなぜかずっと空いたまんま。ペーパーマットが敷かれ、お箸やグラスや小皿がセッティングされ、もずくや酒盗まで置いてある。果たして、遅れて誰か来ると店側に言ってあるのか？

「ねえねえ、これから誰が？　その人を待ってんの？」

さすがに私は尋ねた。

が、プロデューサーは首を横に振る。

「いやぁ、何も頼んじゃいないし。誰も来ないけど……」

皆、ほろ酔いになりながらも、〝何だろう？〟と内心思っていたと口々に言うのだった。

そしてさらに翌朝だ。

朝食は3人の出演者でひとテーブルが予約され、他の人々は先に会場入りしていたのだが……。朝風呂の後、上機嫌で着席するや否や、これまた私は〝おやッ？〟となった。

「ねえねえ、私の前の席、朝食がセッティングされちゃってるけど、これ、誰の？」

さすがに2度続くと不気味で、ご飯をお代わりする際に仲居さんに聞いた。

「あれ？　確かもう一人、女の人がみえるって聞いてっけど、来ねぇんですか？」

よりによって、そんな返事が返ってきた。

ミステリー小噺に、〝喫茶店に二人で入ったのに、お冷やが3つ運ばれて〟なんていうのがあるけど、もうハッキリそれのようだ。

それが証拠にライブ会場の売店で、おまけが付く。

私が地元の牧場の牛乳を1本注文すると、なぜか2本が差し出された。

「まさか、一連のプラスワンは、私にくっついちゃってんの〜!?」

旅の途中に出会った人なのか、はたまた伝説のお姫様か……。いずれにせよ、〝お引き取りください〟と、私は自分の背後の透明な人にお願いしたのでありました。

車内アナウンスにほのぼのウフフ

大阪からの帰りの東海道新幹線車中。間もなく東京駅という頃だ。

車内放送が聞こえてくる。……つまり、もうすぐ終点東京駅だけれど、どなた様もお忘れ物なきように……という定番のあれが。

乗り慣れた者にとっては極当たり前のいつもながらのアナウンスで、特に注意して聞き取ろうというものではない。

でも、この日の私は少々違った。

本当に申し訳ないが、私は不覚にも声を出して笑ってしまったのだ。

何をって、日本語の後に同じ内容をアナウンスする英語だ。

「レデェース　アンドオ　ジェ……ジェ……ジェントル……マン……ウイーー　ウイル、アラ……イブー　アツトォトオキョーータ……タ……タミナル……」

それは、単語一つ一つを丁寧に発音するにも程がある、まるでカタカナを読んでるみたいな感じのものだった。

隣の座席のご婦人が怪訝《けげん》そうに私を見るので、私もつい「だって、このアナウンスが」と小さく答えてしまう。すると彼女から思いっきり、「まっ、失礼ね、アナタ！」とお叱りを受けてしまうのであった。

確かに私は失礼だ。でも決してあざ笑ったつもりはなく、ほのぼのとした楽しさを感じてのことだった。

乗務員さんの気持ちがとっても滲み出ていて、「俺の英語、どうかなぁ？　いや、しっかり、ハッキリ言わなきゃ。ウハハ、照れちゃうけど、でもちょっと気分いいぞ〜〜」ってな感情のように私は受け取ったのだ。そして、ぜひまた、この人の新幹線に乗りたいなぁと思ったものだ。

さて、そんなこんなから4〜5日してだ。今度は北陸新幹線に乗った。はくたか号が長野に到着する折、やはりアナウンスにギョッとなった。

日本語の後の英語があまりにも流暢《りゅうちょう》というか、やたらカッコ良すぎるというか……。それは今は亡き細川俊之さんの歌『あまい囁《ささや》き』の囁き声や『ジェットストリーム』の城達也さんの語りを彷彿《ほうふつ》とさせるものだった。

どんな乗務員さんなんだろう？　さぞかし男前なんじゃあ！　と、気になって仕方ない。ついに我慢できずに、通路を行くワゴンサービスのお姉さんに聞いた。

「ヤダ～、お客さんたら、あれはテープですよ、テープ！　最近ああなったみたい。何でもこの沿線のプロのアナウンサーさんに吹き込んでもらったらしいですよ」とのことだった。

いくら上手でも外国人アナウンサーではないことは分かる。つまり、英語のアクセントがちょっぴり気負いすぎてるカンジが耳に残るというか……。

語学に疎《うと》い自分が述べるのも何だが、外国人が増えて何処も彼処も〝面白くなってるなぁ〟と思える次第だ。

アッハンお化け参上

世の中には目に見える怖いものと、見えない不思議なことというのがあるものだ。〝生きてる人間の方が化けものより怖い〟なんてぇ言う人もいるけれど、今回私がご紹介するのは後者の方である。

名古屋から車で1時間余りの山あいの町にロケに行き、古びたホテルに泊まった。観光じゃないのだから文句は言えぬが、とても空気が重く感じられ胸の内がざわつく。部屋の扉を開けた途端、「ヤバイかも、ここ。1週間も私、大丈夫かぁ？」と呟いた。

とにかく窓を開け放ち、空気を入れ換え、館内でアジ塩をひと摘みもらって部屋の四隅に置く。もちろん、お祓いのつもりで。

それでも気持ち悪さは抜け切らず、「眠れそうにないから照明は消さない。テレビも音を絞ってこのままで」と、夜を迎えた。節電すべきところを申し訳ないと思いつつつ、極力室内を賑やかにしたかったのだ。

さて、1晩、2晩、3晩が過ぎ、ようやく部屋に馴染み始めた4日目の夜だった。

目が疲れるから照明はやっぱり落とそうと、テレビだけ点けて休んだ。BSチャンネルで錦織《にしこり》圭選手のテニスの試合を観戦するうち、私はコトンと深い眠りについたのだが……。

一体何時間過ぎた頃だったろう、私は夢の中で奇妙な声を聞いた気になった。女性の切なげな嗚咽《おえつ》のような……。次第にそれが大きくなり叫び声に変わったので、私はギョッとなって飛び起きた。

室内に異変はない。自分がベッドに入った時のまま。テニスの試合は終了したようで、錦織選手の姿は画面の中にはなかった。

「イヤッ、ダメッ、ハアハアハ〜〜ン」

さっきの女が声をあげた。それはテレビの中からだと気付く。画面を凝視すると、裸の男女が絡み合っているではないか!? テニスの対戦がなぜ男女の対戦になったんだろう……。理由が分からず茫然としていると、その二人の体勢が変わって、急にモザイクがかかる。

ここで私は声を出した。「これって、アダルトチャンネルじゃん！」と。

焦ってリモコンを捜した。ところがリモコンは枕元やサイドテーブルにはなく、10歩ほども歩かねば手の届かぬ机の上にあるのだった。

有料チャンネルにするにはそれなりのリモコン操作が必要なのに一体誰が!?　内鍵が掛かったままの扉を睨《にら》み、私は恐怖を感じた。

「わ、私がひどい寝ボケ症か、この部屋に目に見えない誰かがいるのか……」

二者択一を迫るようにテレビの中の女がまた笑う。夜明けは遠いのに私は二度と眠れぬのであった。

災いは頭の上から⁉

夏の帰省。仕事が済んだらお墓参りもする予定で、私は朝8時12分の北陸新幹線かがやき号に乗った。

〝そば屋の天むす〟なるものを買い加賀棒茶も奮発《ふんぱつ》した。「まずは朝ご飯」と思いつつ窓際の自席につくと、私はたちまち困った。車内は混雑し、すでに棚は隣席のオバサンの荷物に占拠され自分の荷物の置き場がない。仕方なくトランクを足元に置き、リュックは壁のフックにかけた。

富山までの約2時間はアッという間だ。車内が多少ガヤガヤしていようが、自分は仕事の下読みに集中せねばならぬ。私は効率よく過ごすため、とにかく朝ご飯をチャッチャと済ませてしまおうと思った。ナレーション原稿をミニテーブルにセッティングすると、左端のドリンクホルダーにお茶を立て、天むすを自分の膝の上に載せた。

包みを開けた瞬間にお新香がプーンと匂ったので、私は反射的に隣のオバサンにチラリ目をやる。何とオバサンはテーブルの上に道具を広げて刺繍に精を出されているではないか？　車内で編み物をしている人と隣り合わせになったことはあるが、刺繍は初めて。

私の頭の中に〝針のてっぺん〟が鋭角的に浮かんですぐに消えた。とはいえ、肩が触れ合うほどくっついて座っているわけじゃあないから、〝危険〟とまではこの段階で思ったわけではない。

ところが、ここでまさかのことが起きてしまうのだ。

列車が上野駅に着いた頃、私は脇目もふらずに自分の膝の上の天むすに向き合っていた。

発車のベルが聞こえ、車体が動き出したその瞬間、私の左側、ドリンクホルダーとテーブルのわずかな隙間に何かが上からドスンと落ちてきた。それは丸い枕ほどのものので、私の左足首に触れつつ自立する格好になった。

一体何が起きたのか？　私はゆっくり上を向く。

すると、私の前の席で棚に荷物をあげかけている青年が青ざめてこちらを見ていた。彼のバッグは流行りの2層式で、接続から外れた小バッグが背もたれでバウンドしたため、こちら側に落ちてきたようだった。

少しでもずれていたら、頭と顔面に命中しただろう。〝間一髪！〟とホッと息を吐き出すが、さらにこの直後だ。

右隣から小さく「痛ッ！」という声が漏れたのだ。どうやら、一連の出来事を目撃され、驚いた弾みにオバサンは自分の指をチクリ刺してしまわれたようだった。

ホントに、ただ腰かけているだけでも、災いとは起きる時には起きるものらしい。守ってもらったお礼をくれぐれも墓前でせねばと思った次第だ。

石川県の隠し玉

長寿番組『遠くへ行きたい』（日本テレビ系）で、春の旅に出た。

「ムロイさん、どこへ行きたい？」との質問に、「沖縄、富士山、松山、奈良の次は、地元圏内がいいなぁ」と、私。今回希望したのは故郷富山の隣の石川県だ。

今や北陸新幹線に乗ってしまえば、富山〜金沢間19分という速さで、地元圏内というより、〝ご近所さん〟という近さになったカンジ。……しかしながら、開業当初の石川人気は抜群で、〝金沢ってタクシーもつかまんなきゃ、食事もどこにも入れない〟なんて噂が飛びかい、逆に〝近くて一番遠い所〟になってしまった印象だった。

「高校生の頃は、こっそり金沢の忍者寺や兼六園でデートしてたのに……」と、次第に懐かしさが募り始めて、〝金沢・能登〟をとリクエストしたというわけなのだ。

観光客でモミクチャになる覚悟で出発したが、幸いゴールデンウイーク直前の平日だったので、金沢市内は昔ながらのシットリとした佇《たたず》まい。ひがし茶屋街を散策し、老舗和菓子店『森八』さんで落雁《らくがん》作りにチャレンジさせてもらった後、ロケ車は一路輪島へと向かう。

1000年以上続く朝市を楽しみ、春を告げる名物漁や山菜採りを体験し、名舟町の御陣乗《ごじんじょ》太鼓を観せてもらう。数々の伝統料理や能登町の松波飴に舌鼓！　古くからの技や心を受け継ぐ人々の熱意に、感動しきりの時間を過ごした。

そしてロケ3日目だ。今回どうしても行きたかった町へ。羽咋《はくい》市の宇宙科学博物館――〝コスモアイル羽咋〟である。富山県氷見《ひみ》市からもほど近いこの町は、知る人ぞ知るUFOの町で、住人の4人に1人が未確認飛行物体を目撃との情報が富山側にも流れてきているのだから。

輪島出身の番組プロデューサーからも、「小学生の頃、見たわ。学校帰りに山の向こうから10機ほどの平たい光がバン！　て現れた時にはもう仰天よ。これは新聞社に知らせなくっちゃって慌てて駆け込んだ先が新聞販売店。フフフ、子供だから

ね、あそこで記事書いているって思っちゃったのよね。残念ながら新聞には載りませんでした～」と、可愛くもミステリアスな話を聞いた。私は期待に胸を膨らませ、さっそく駅前で調査開始。

「あのぉ、UFO見たことあります？」

初対面でこんなサイケな質問ができるのもこの町ならではと、我ながら可笑しかったがこれがそうも笑っちゃいられない。聞く人聞く人、「何度もある」「昔、電車も止まって、皆で見た」などと真顔で答えが返ってくるから堪《たま》らない。私の調査では7割YESが出た。

さぁ、宇宙への憧れが最高潮に達したところで、いよいよコスモアイル羽咋へ――。

「ギョ、マジ～!?　これ、ヴォストーク帰還用宇宙カプセル、表面が焦げちゃって本物ね。ロズウェル事件の宇宙人の模型も！　そしてここは、あの矢追純一氏からの資料提供のお部屋？　ルナ24号月面着陸船も、スゲ～」

職員さんの丁寧で熱い説明を私は瞬《まばた》きするのも忘れるほどにググッと聞き続けたの

であった。

今は珍博物館と言われても、ＵＦＯの真実がどこかで公開された暁には、ここが日本一メジャーな所になるに違いない。

夏ボケ防止に何か教えてたもれ

ギラギラムシムシの夏。皆さん、どうされているのだろう。

お日様は誰にも公平に降り注ぐわけだけど、すっかりその威力にやられちゃって、あられもない格好で外出する人々を近頃よく見かける。いや、さすがに今の時代、裸で歩いているわけじゃあない。ただ、衣服の開口部を目いっぱい広げて、風通しよくしちゃってる人々を……。

男性はズボンの〝社会の窓〟の閉め忘れ、そして女性は背中のファスナーの閉め忘れだ。

おそらく家を出る直前まで、ほんのわずかな時間であろうが、洋服をピチッと留めたくないのだろう。私はそんな人々に、スーパーのレジや駅の券売機前、道っ端の喫煙所などで遭遇しては、「開いちゃってますよッ」と、注意して差し上げている。皆さん慌てて閉じられるところを見ると、やっぱりわざと開けておられるわけではないようだ。

本当に気持ちはよく分かる。かくいう私とて、注意などと偉そうに言えたもんじゃあないのだ。寝不足でもうヘロヘロだ。

夏休みのファミリー向けイベントで、地方出張も多いというのに、困ったものだ。

いざ仕事が始まれば長年の習性で、一応シャキッと背筋を伸ばしステージに集中できるのだが、それ以外の日常的な時間がけっこうヤバイ。特に目、耳、反射神経に支障をきたしてるカンジ。見間違い、聞き間違い、取り損ない、言い損ない、書き間違いを頻繁にやらかす。

先日も。ライブで何かマジックのような楽しい出し物をしたいものだと、参考資料を探しに書店へ行った時である。

キビキビと棚の整理をしている店員さんに、私は尋ねた。

「あのぉ、余興の本はどこにありますか？」と。

店員さんは一瞬私の目をジッと見つめてから、「あ……あ。は、はいはい、ありますよ。さあ、こっち、こっちですよ」と応えてくれるが、私としてはこのもの言いに、何か含みがあるように感じる。やけに丁寧というか、腫《は》れ物に触るみたいな扱いを受けているような……。

店員さんがシズシズと先導してくれる後ろをついて行ったところ、書店の一番奥の方で彼女は振り返った。

「さあさあ、こちらですよ〜」

そこには、〝トランプマジック〟や〝忘年会・パーティーの隠し芸〟的本が並んでいるものと思いきや、なぜか〝仏陀の教え〟や〝親鸞と法然〟〝高野山の奇跡〟などの本がズラリ！

「これってもしかして、余興を宗教と間違えられちゃったってこと？」と、ようやく変だと気付いたところに、店員さんの2つ目の矢が。

「お客様、どういったお経ですかねぇ？　お経の専門書ですと、うちではちょっとお」……だって。

店員さんは私のヌボーッとした様子やうつろな目、曖昧な口調から、余興《ヨキョー》をお経《キョー》だと思い込んでしまったようだった。

目の下に寝不足で隈《くま》を作る私が、神仏にすがりたがっているように映っても無理もない話。かくなる上は、涼しい所でゆったり休養を取り、気力と五感の力を取り戻さねばと思った次第であります。

知る人ぞ知る神秘体験だよ

スピリチュアルなことに興味がおありな方は案外多いと思うが、私は夏、スペシャルな体験をした。それは願ってもなかなか叶わぬ素晴らしいもの……。〝布橋灌頂会《ぬのばしかんじょうえ》〟をご存じだろうか？　富山、立山町芦峅寺《あしくらじ》に古くから伝わる儀式である。

立山は日本三霊山の一つ。女人禁制の立山信仰にありながらも、極楽往生を願う女性救済の目的で、江戸時代に布橋灌頂会は始まった。明治の廃仏毀釈により途絶えたものの、平成８（１９９６）年の国民文化祭で復活した。

以後、およそ3年に一度行われるこの儀式を、地元テレビ局ＫＮＢが開局65周年を記念して再現撮影するにあたり、私に依頼してくれたというものだ。

「ムロイさ〜ん、心の準備はよろしいですか？　うば堂川を三途の川に見立て、その川にかかる布橋を、この世とあの世の境界としていますからね」

学芸員さんの解説を神妙に聞きつつスタート！

白装束をまとった私が最初にせねばならぬことといえば懺悔《ざんげ》だった。奈良時代のものという閻魔《えんま》様の前で己の過ちを告白し反省するのだが、お堂の中に入った途端に、ハラハラと涙が止まらなくなってしまう。

次に、この涙をぬぐうようにして白い目隠しをする。雅楽《ががく》隊の荘厳な音色に誘《いざな》われ、朱色の橋に敷かれた細く白い布の上を歩き始めた。たちまち耳に届くのは、学芸員さんの注意事項だ。

「橋を上りきった所が、この世とあの世のド真ん中。下りはもうあの世です。足元の板の数は１０８つ。煩悩の数ですよ。万が一、白い布から足を踏み外すと、川面にウジャウジャいる大蛇に食べられてしまいますからね」と。

目隠しの白い布はかすかに透けて見えるけれど、足元はおぼつかない。自分の今世の行い如何《いかん》によっては、布の道標を極度に細く感じてしまう女性もいるというから、私は胸の内がバクバク震えた。何だか、機械を使わないのにVRの世界にいるみたいで……。

行きは右足に左足をそろえるという歩き方で橋を渡り、その先のうば堂内に入る。真っ暗闇の中で、僧侶による聲明《しょうみょう》が幾重にも重なり私に迫ってくる。ある種のトランス状態に達し無の境地を迎えたその時、お堂の扉が全て開いた。

読経が静まり、鳥のさえずりや花の香りを感じてそっと目を開けると、すぐ前に立山連峰が神々しくそのお姿を見せてくださるのだった。

「ああ〜、ああ〜、ああ〜」

山に登らずして、まさに頂上に立っているような感動！　まるで生まれ変わったみたいな清々しさに包まれて、感動の涙があふれ出て止まらないのであった。

9月下旬に行われる布橋灌頂会は八尾の〝おわら風の盆〟とは違ってまだまだ知る人ぞ知るの古《いにしえ》の行事だが、自分を見つめ直したいと思われる女性にはぜひともお勧めしたいと思います。

露天風呂の〝こだまでしょうか〟

「ああ、やっと8月が過ぎる〜」

山梨のとある温泉に浸かりながら、そう呟いた。すると、私のすぐ後ろから似たような調子の声が聞こえてくる。

「ホントに今年は8月が2か月あったみたいだった〜」

「長かった！　ホントに長かったわ〜」

夕暮れの中、その声はまるで〝こだま〟が響いているかのよう。

背中合わせの私たち、チラリ振り向き合うと薄暗がりでハッキリは見えぬが、同じ年格好のオバサンのようであった。

しかしながら、私は仕事あがりでグッタリ疲れており、見知らぬ人に話しかける元気はない。向こうも同じなのか、その後は溜め息一つ漏らさなかった。

さて、しばらくして脱衣場で——。

足拭きマットそばの棚からバスタオルを取り、体に巻きつけて自分のロッカーBOXに行く。

鍵穴にキーを差し込む。

カチャカチャ……カチャ……カチャ……カチャ。

しばらく左右に回してみるが、まるで開く気配がない。

「ああ、嫌だ〜」とつぶやく私に……「嫌だわ〜」という声が。

もしや……。私には一つ思い当たることがあった。

すぐに3箱先のロッカーに目をやると、先ほどの呟きオバサンらしき人が私同様カチャカチャ……、いやもっと激しく、ガチャガチャガチャ〜と力まかせに開けようとされているではないか!?

「やっぱり!」。私はすぐに合点がいって彼女に声を掛けてみたのだ。

「すみません、そちらのBOX、6番ですよね。こっちは9番で……、ひょっとして、お手元の鍵札は6じゃなくって9じゃありませんか？　数字のラインが丸っこくないから間違えちゃいますよね。ここも開かないからきっとそうだと思います」

オバサン同士、目くばせし合って、私は6番へ、彼女は9番へと入れ替わってみる。……すると鍵は見事にカチャと同じタイミングで開いたのだ。

実は、私ときたらこんなこと、この夏に2度もやらかしている。暑さのせいとはいえ、ボーッとしすぎと我ながら呆《あき》れるが……。ひと月ほど前に関西の温泉場で、その時は自分が先に札の読み違いをし、必死に扉を開けようとしていた。

「ああ、嫌だ～」……「嫌だわ～」

「どうなってんのよ、これ」……「おかしいわよ」

「錆《さ》びちゃってんの？」……「壊れちゃってんの？」

あの時は脱衣場で〝こだま〟が次第に大きくなって、ついに互いの耳に届き、両者がハッとなった。素っ裸で焦りまくっている自分そっくりのオバサンを発見してしまったのである。

〃「遊ぼう」っていうと「遊ぼう」っていう
「馬鹿」っていうと「馬鹿」っていう〃

何から何までソックリのオバサンを目の当たりにして、私の頭の中に、金子みすゞのあの詩『こだまでしょうか』がポッカリ浮かんだのでありました。

ソフトクリームラブが止まらない

秋の絵本ライブで、北海道のオホーツク総合振興局管内にある斜里《しゃり》町を訪れた。アイヌ語のサルがなまってシャリになったとも言われる流氷の町だが、今の時期はサケが海から川へ遡上するのが見られる。知床五湖やら羅臼《らうす》岳・斜里岳、何処までも行く一本道がまるで天に続く道に見える名所など、でっかい自然にウットリ。しかも、さらに夢中になれるものが道の駅〝メルヘンの丘めまんべつ〟にはあった。

フードコート奥のしじみラーメンの店。塩味950円をさっそく注文して舌鼓を打った。網走湖の太ったしじみがザクザク入っている。まるでそれは、私たちがライブ後に大酒を飲むことを予測して、あらかじめ肝臓に備えをしてくれているみたいな濃さだ。

「ああ、これが東京にあったらなぁ〜、私ら長生きできるのにねぇ」

しじみエキスが染み出たスープは、もちろん一滴残さずいただく。さらに館内で揚げてくれる地元のじゃがいもも注文し、もう斜里町にゾッコンになるのだ。

「お腹はけっこう一杯。でも、塩っ気の後はやっぱり甘いのをね」

入り口の看板に〝道の駅プレミアム５００円〟の文字があった。ソフトクリームだ。私がこれを見逃すはずがない。北海道といやぁ、やっぱりソフトクリームだろう。サケや昆布、トウモロコシやじゃがいもよりも、まず第一にそれが浮かぶ。

実は私、大のソフトクリーム好きなのだ。いや、私だけではあるまい。女子たるもの、年齢にかかわらずソフトに興味がない人なんて、今までにお目にかかったことがない。

私は時折、ソフトへの思いがあふれて、ミニストップで「ソフト大盛りで！」発言をしてしまい、幾度も「残念ながら大盛りはございません」と注意を受けている。

東北自動車道の上り車線蓮田《はすだ》サービスエリアのソフトが最高で、用もないのに仕事帰りに足を延ばしてしまうこともしばしば……。

交通機関といえば新千歳空港にソフトの逸品がそろっているとの特集をテレビで見たことがあり、それが私の心の奥底でずっと消えずに残っていたのも事実。だから私はずっとずっと北海道へ行くのを楽しみにしていたのだ。

さあ、道の駅なのに５００円という値段の品に大いなる期待を寄せて、私はペロ〜リ！

「こ、こりゃあヤバイ。信じられない。さすが北海道！　濃厚にもほどが……」

もうどんな賛辞の言葉も足りぬくらいの美味しさだ。

〝ソフトクリーム〟ラブが止まらなくなり、２泊の旅で計６個。最後は女満別《めまんべつ》空港の〝牛乳の生ソフト〟で締めくくったのでありました。

千本鳥居にご縁の男

仕事柄、あちこちでいろんな方々に声を掛けていただく。とてもありがたい。誰からもチラリとも振り向いてもらえぬ女優でどうすると思うのだけれども……。

いつだったか、羽田空港に到着し、手荷物受取り場に向かって歩いているところに後ろから呼び止められたことがあった。

「もし……、室井さん、すみません」

振り向けば30歳前後の体格の良い青年が、小走りで来たのか息を荒くして立っていた。

「僕、室井さんとすんごくご縁があるんす。だ、だってぇ、僕も富山出身でしてぇ」

青年は額の汗をぬぐいつつ嬉し気に言う。

「そりゃそうでしょうよ、今の飛行機、富山便なんだから、ほとんど富山県人じゃん

ね？」

私は腹の中でそう思うが、そこはグッとおさえてニッコリ営業スマイル。「そうですか、富山の方なのね」と言いつつ、先を急いだ。

すると青年は、「ま、待ってください。実は僕、高校時代に生徒会で企画して講演をお願いしたんすけど、インフルエンザが流行っちゃって、休校になってしまい……」と。

ああそうか、後輩だったかと思い直し、こちらも再び振り向く。「その時の学生さん？　そりゃあ奇遇ですね。その節は本当に残念でした。じゃあ、またどこかで」。

私は会釈し歩き出す。でも、青年ときたら、さらに私の行く手を阻むように立ちふさがるではないか！

「違うがです。本当に先輩とはご縁があるがですよ。だってこの間、京都の伏見稲荷参拝して、お山をズンズン登って鳥居くぐってるうちに疲れて、一本の鳥居にしがみついたがです。そしたら、その僕の目の前に〝室井滋〟って名前が！」

さすがに私はギョッとなった。だって確かに私は鳥居を奉納しているのだから。

今の家を購入した折、庭に祠《ほこら》があり伏見様をお祀りしてあった。伏見稲荷大社を芸能の神様として崇《あが》める人も多いと聞き、良縁をいただいたと思うことにした。そして以来毎年京都詣でしているというわけだ。

ご存じ、伏見稲荷は今や外国人観光客の間でＮｏ．１の人気スポットという。それも赤い鳥居が稲荷山にみっしりトンネル状に並ぶのが神秘的な雰囲気を醸し出しているからにほかならぬ。そう千本鳥居と呼ばれるくらいみっしりと。そしてその裏側には建てた日付と奉納者の名前が刻まれるのだけれど、このことは私の身内しか知らぬ極プライベートなこと。

「嘘ッ！　探したって見つかんないよ」

誰にも発見されたことのなかった千分の一にしがみつくとは!?　私は初めて青年の顔をキュッと見つめ直したものでありました。

芦原温泉、ストリップな夜

芦原《あわら》温泉に行った。京都から金沢への仕事の移動途中、せっかくならと、静かでしっとりとした温泉街を選んだ。……そう、選んだつもりであったのに、なぜか私とスタッフ数名は『あわらミュージック劇場』という地元の劇場に辿《たど》り着いてしまった。

なんとそこには北陸唯一というストリップ劇場があったのだ。

今、全国に何店舗、劇場があるかは知らぬが、北陸唯一というのはとても頷ける。だって北陸人は真面目だもの。ソープやオッパイパブなど裸系が少ない。昔、氷見《ひみ》市の観光ホテルで「外国人ストリップあります」の男女のエロいチラシに惹かれ観賞したが、まるっきりなっちゃいなかった。

「何さ、トム・ジョーンズを歌いながらムチ振るう男！　女もブラもパンツも脱がないし」

朝食の席、仲居さんに抗議したところ、「な〜ん、最初は脱いどられたけど、恥ずかしいから、穿《は》いてもらったがです」と。それでもショーは人気で、2か月連日満員というから驚いた。やっぱし北陸人のエロ度は低いと思ったものだった。

まあ、こんな苦い経験があるので、〝中途半端やったら許さんでぇ〟と冗談めかして吹いていたが、何の何の、そこは本格的な劇場であった。

ほろ酔いでやってきたあちこちの宿泊客が、そろいの浴衣で大はしゃぎ！　かぶりつきに陣取って、血走らせた眼を舞台に向けている。

期待の踊り子さんは若くムチムチで可愛い。ただし、踊りの方は今ひとつで、ムードが出ず、じらすテクニックもない。こういう人はアッという間に襦袢《じゅばん》など脱ぎ捨て踊りもちゃっちゃと切りあげる。早々に写真撮影会に突入し、「1枚1000円でご一緒に〜」とお客に呼びかける。彼女に頭からパンツを被《かぶ》せてもらったり、オッパイや股で顔面挟みをしてもらって場内は騒然となった。

目をパチパチしばたたかせた我がスタッフらに「前行って、やってもらいなよ」と

勧めたが、私の目が怖いらしくモジモジ誰も行かず。

そしてそのうち登場したのが、ベテランのストリッパーさんだった。赤黒く照明を落としても自分と齢が近いのではと思え、私も体が前のめりになる。曲はまさかのアダモ！

夏なのに〝雪は降る〜、あなたは来ない〜〟の熱唱に合わせて、彼女のせつなくも淫靡《いんび》な世界が繰り広げられていく。若者は明らかに一服ムードだけれど、彼女の登場を待ちわびていたじいちゃんファンから歓声が沸く。

昨日、今日のファンじゃないぜ。インスタント写真なんか屎《クソ》くらえ！このエロ芸術見ろや〜と言わんばかりの気合いムンムン。私もやおらマスクを外して拍手を送るのでありました。

出逢う場所が肝心なのよ

田舎の友人とお茶の約束。彼女の希望で、東京ステーションホテルのロビーラウンジで待ち合わせた。

ステキなティールームでゆったりしようと30分も早く到着するも、生憎《あいにく》の満席で順番待ちの最後尾に並んだ。

「ここじゃなきゃダメなのかなぁ〜」と思ったが、私はそこが女性たちに超人気の場所であることも知っていた。

「ここがいいのよね、どうしても。仕方ない、席待ちしておくか」

私は立ったまま少々待つ覚悟を決め、ぼんやりとガラス越しに中の様子を眺める。

レトロでシック、高級感が嫌味なく漂う。休日とあって、家族連れや女性グループ、そして男女のカップルがゆったりとくつろいでいた。駅舎に隣接するホテルなだけに

旅行用トランクもあちこちに置かれている。ただ、男女のカップルとなると皆、なかなかお洒落っぷりなので、ひと目でデートと分かった。

「皆さん楽しそ〜。デザートも軽食も美味しそう。もうシャンパン飲んでる人も」

だが、うっとり様子を窺《うかが》う気持ちも、10分を過ぎるとさすがに違うものに変わる。

各テーブルのグラスやお皿の中身の残量を、目を凝《こ》らしてチェックするようになるものだ。

さらに10分経過で、私は自分の立ち位置がちっとも前進していないことに「？」となる。わずかに席を立つお客さんとの入れ替えもあるはずなのに、進むどころか下がってないか？

「嘘ッ、土産物買ってた仲間が戻ってきちゃったってこと？　その人数だけでテーブル何個分よ？」

内心ムッとなるがマナー違反とはいえぬ。ただ、これ以上にギョッとすることが、事もあろうに店内で発生していることにそのうち、気がつき始めた。

何と、お見合いだ。……いや、別にお見合いだろうが求婚だろうがどんどんやってくれなのだが、問題なのは中に斡旋の業者が居座っていることだ。いくつかのテーブルをキープするべく荷物を椅子の上に置きっぱなしにしている。一つのカップルが帰ると業者がまた別のカップルを誘《いざな》ってテーブルにつかせるのだ。

おめかしした男女がやけに姿勢を正して、相手から視線を逸《そ》らさない。その目にはまだ愛情の色は浮かんでおらず、穴が開くほどに観察しまくっているように私には見て取れた。

45分待ちで席に通されるや否や、私は真実を確かめようとウエイトレスさんに聞いてみた。

「あの～、もしかしてこちら、お見合いをセッティングする人が丸一日予約なさってるの？　あのお席とか、あっちのお席とか……」

すると彼女は、「うちはご予約はお受けしておりませんけど、ネットによると、そのような皆様がご使用のようですね。地方の方と東京の方のお見合いとか。あっ、本日はお待たせして申し訳ありません」と、丁寧に笑顔で答えてくれ、そりゃあ感じがいいったらありゃしない。嫌味の一つも言えぬまま、私は遅刻しまくりの友を待つのであった。

目は口ほどに物を言いすぎちゃって

新宿通りを麹町《こうじまち》方面に向けて、タクシーで走っていた。日射しがやけにキツイ、乾燥バリバリの日。私が後部座席で俯《うつむ》き加減にメールをしている時にそれは突然起こった。

パパパパパ〜〜！　後ろからクラクションの音が鳴り響いた。

あまりにも激しく長々としたものだったので、反射的にキャッと声をあげたほどだ。

「スミマセン。後ろのワゴン車が、スミマセン」

すぐに運転手さんが謝られたので、「何か、こちらが悪いの？」と私もオズオズ口を開く。

すると彼は、「そのワゴン車、さっきから右車線を走ってるんですけど、常に横にくっついて幅寄せしてくるんです。こすりそうだから、スピードをあげて、こちらも

右車線に入ったんです」と言うではないか！

「ああ……、後ろにじゃなくて、ワゴンの前に、追い越しちゃったのね。それが気にくわなかったのよ。運転手さん、あおり運転する人は怖いから、左車線に戻って、減速してワゴン、行かせちゃってください」

何だか新年早々嫌な予感がして、私はそう注文した。

運転手さんはまた「スミマセン」と言いつつ、すぐに左車線へとハンドルを切った。

ところが、本当の攻撃はここから始まるのだ。

ワゴンはタクシーを真似て左車線のタクシーのすぐ前へ移動。こちらが右に行けば右、左に戻れば左と、まるで通せんぼするかのようなあからさまな態度に出た。おまけに、急な減速でタクシーに〝おかまを掘る〟よう仕掛けてくるようなことも……。

信号待ちで離れるのが唯一のチャンスだが、運転技術は向こうが一枚上手のようで、タイミングをはかり横並びで一時停車するから堪《たま》らない。

「お客様、車のドア、ロック致しますね。信号待ちの間に、男がワゴンから降りてきてドアを開けられたら、オシマイなので」

「オシマイ？」

「はい、オシマイです」

その声は焦りまくっている。私は初めて、こちらの運転手さんがどんな人なんだろうと気になった。声や後ろ姿からしてオジサンではなさそうだが……。

後部座席からこっそり彼の横顔を窺《うかが》う。と、ピカピカの若者。しかも目がクリッと大きな超イケメンだった。

「そっか〜〜……もしかして君って、新人君？　しかも、こんな目にけっこう遭《あ》ってる？」

尋ねてみるとズバリ！　彼は入社半年で、一般道にもかかわらず、しょっちゅうあおり運転を受けているそうだ。

「君〜〜、最初に、ワゴンの男の顔をチラリ見てから右車線に入ったんじゃなあい？　君のその大きな瞳が向こうには〝若造め、ガン飛ばしやがって〟に見えたのかも。そ

れでキレちゃったんじゃあないかなぁ」

「うっ、た、確かに。僕、ワゴンの男の顔をしっかり見てから……追い越しました……」

目が口ほどに物を言いすぎちゃって、あおり運転をバンバン受けちゃうなんて……。もしかしたら、彼こそ俳優になった方がいいかも！　窮地に追い込まれている割には、呑気《のんき》な感想を持ってしまうのであった。

嫌いなものはニンニクと狼だって

「何か、うちの屋根裏にいるみたい！」

うちからすぐ目と鼻の先の賃貸木造住宅に住む友人、がオロオロと私に相談してきたのが4年前の話。

「何かって何よ。ネズミとか？」

「いや、チューチュー言わないし、もっと重量があるカンジ」

「まさかヘビとか？　この都会で？」

「もしヘビなら青大将ほどよ。あの音は」

そんなことを言っているうちに契約更新の時期が来て、友人はさすがに他所《よそ》に移っていった。

さて、月日の流れる中で謎の生き物のことなどすっかり忘れていたのに、ある日、

後ろのお家《うち》の奥さんに呼び止められたのだ。

「ムロイさん、ちょっと伺うけど、お宅、お庭で何か飼ってらっしゃる？」

「えっ？　うちの猫のことですか？」

「ううん、猫ちゃんじゃないの。よく似てるけど、猫は猫でも麝香猫《じゃこうねこ》、ハクビシンよ。しかも親子。お宅の塀を乗り越えて、お散歩に出かけるのを、私、目撃しちゃったの」

「ハ、ハクビシンですって!?」

私はギョッとなって息を呑んだ。

そもそもハクビシンとは外来のもの。しかしハクビシンなら近くの電線の上を綱渡りするのを見たことがあったし、木を駆け上がるのも……。でも、まさかうちの庭をねぐらにしてるなんてことがあるのか！　いや、もしかしたら友人の屋根裏に棲《す》みついていたのはその仔らなのかもしれない。

自分の頭の中で様々な記憶が逆回転し、とにかくこの辺りに数年前から複数匹棲みついているに違いないとの結論に至った。

ならばと、すぐに小さな庭を隅々まで見て回る。フンのようなものは落ちてはいないが、砂地の所に小さな足跡が見てとれた。

「そういえば最近、うちの猫たちったらやたら庭を気にしてるわよねぇ。万が一、ベランダに侵入してきて喧嘩にでもなったら大変！」

憶測でしかないけれど、私はさもありなんと思った。そして、絶対に敷地内に入れてはならぬと作戦を練り始めたのだ。いろいろ調べると、ハクビシンが嫌うものとはニンニクと狼であることが分かり、さっそくニンニクをばら蒔く。

「フフフ、国産のを奮発したわ。青森ニンニクをお見舞いしてやるぅ〜〜」と。

ところが何だか急にカラスや鳩がうちに集結しているように思えてきた。青森ニンニクは青森シャモロックの大好物であるらしく、鳥はむしろ好むということのよう。

〝こりゃあまずい〟と焦って、ニンニク撤収！

困り切って、山間部に住む友人に相談したところ、ハクビシン避《よ》けには〝犬の毛〟

が効くと助言をもらった。私はすぐに近くのトリマーさんにお願いに。

「……な理由で、ネットに入れて吊すのにシベリアン・ハスキーとかアラスカン・マラミュートみたいな狼っぽい仔の毛が欲しいんですよ」

ここなら絶対にゲットできるはずと、私は半ば安堵《あんど》していた。ところがどうだ。最近は温暖化の影響で育てにくく、人気が今一つと、トリマーさんは言うのだ。

「ツンドラ地帯でエスキモーと狩りやってる仔ですからねぇ。他のでよろしければ……」

結局もらってきたのはプードルとポメラニアンの毛！　狼とは随分違うけれど、私はそれらに託してみようと思うのだ。

愛のピジョンミルク

この春、友人宅の2階ベランダで鳩のヒナが誕生した。迫り出た梅の木の枝の上にうまく巣を作り、卵を日々あたため続けて、ついにである。

娘の出産を待つ親の気分だと、友人が私にしょっちゅう連絡してきていたので、「生まれた！」と聞くや否や、私も〝お孫さん〟を見せてもらいに行った。

「うわぁ〜、可愛い！　ちっちゃいけど鳩だ」

「シッ！　大きな声出さないで。もうすぐ親が戻ってきて、そろそろオッパイの時間だから。警戒してるとオッパイ出ないでしょ」

オッパイ、オッパイを連呼する友人に、こちらはハテナ？　となって、「オッパイじゃないでしょ？　ミミズとか虫とか、餌《えさ》をくわえてくるんでしょ？」と誤りを指摘する。

ところが友人はちょっぴりドヤ顔になって「フフッ、鳩はね、母乳なのよ。ピジョンミルクって聞いたことあんでしょ」などと言うのだ。

鳩が母乳？　嘘！　まさか〜と思って調べてみたところ、確かに哺乳類の母乳に近い栄養タップリの液体をヒナに与えるらしい。ただし、胸から出すのではなく喉《のど》から。食道の一部をはがし吐くようにして口うつしでピジョンミルクをヒナに飲ませるというから驚きだ。

「しかもよ〜、オッパイは雄も雌も出るの。夫婦で一緒に育てんの。愛情が深いのよね〜、鳩って」

フン害に怯《おび》えていたくせに、彼女は心から〝孫〟の誕生を喜んでいる様子。それが証拠にさらに妙なことを言い出した。

「私ね、ここんとこ会社以外、どこにも行ってないの。お休みに近場の温泉にも行けなかった。遠出する時はさすがにベランダの戸のシャッター下ろさないと不安でしょ？　空き巣が狙ってるもの。でも、シャッターなんて動かしたら親子がナーバスになっちゃうから。私、あの子が巣立つまでずっとここで見守っていくつもりよ」

旅好きの友人にはあり得ない発言だが、その気持ちは私にもよく分かる。間もなく19歳になる愛猫チビに始まり、多くの仔たちと暮らすようになって自分の生活が一変したものだ。呑み歩きを控え、雀荘通いも止めた。釣り好きが高じて船舶を所有し、海から仕事に通う日々も送ったが、釣りも止め船も手放した。少しの休みができるとすぐに旅に出たが、もうフラリ気の向くままとはいかなくなった。出張の合間に、必死に旅情にひたっているカンジだ。

生活が地味になり、自分自身の性格までもが内向的になったのは間違いない。けれども、それまでの人生では味わうことのなかった至福の時間をあの仔たちがもたらしてくれたのだから文句を言っちゃあいけない。

友人のベランダの鳩の巣立ちは間もなくだ。その時彼女は、空を見上げて何を思うのであろうか。

コラム❷

「あらまあ、お気をつけあそばせ」10か条

❶室内の貸金庫、入れてホッ！　しかしナンバーを忘れるなかれ。

❷安すぎる宿にご注意。リフォーム済みでも壁がペラペラ、声が筒抜けかもよ。

❸お手洗い。次また何処かでと思うなよ！

❹派手すぎる装いにご注意。自意識は満足できても、どんな輩に目をつけられていないとも限らない。特にハイブランドのトランクやバッグは危険。気が緩んでいる隙にサッと消えちゃうかもよ。

❺SNSなどで旅行中のお知らせは控えよう。投稿するのは帰ってからね。

❻石や砂、貝殻など、その場のノリで持ち帰らぬように。ずっと大切にできぬのならば、鑑賞だけにとどめよう。

❼お土産は自分がもらって嬉しいもの以外は買ってはならぬ～！　テキトーな饅頭とか漬け物とか。

❽神社や寺でやたらお札とお守りをゲットするのは考えもの。後にしっかりお礼参りに来られるならいいけれど……と私は思います。

❾ああ、女の一人旅。感傷に浸りすぎることなかれ。その結果、妙な電話をしたり、絵ハガキを出したりなんてことにならぬように。旅は人を成長させることもあるけど、人をちょっぴり変にさせることも……ある！

❿古い下着や靴下、色あせた部屋着をトランクに詰め、旅先で捨てて来るのが〝旅上手〟なんて思っている皆さん、ご注意あれ。くたびれたパンツを忘れ物と誤解され、洗濯・プレス済みで戻ってきたりしますので。私も真っ赤になった思い出があるもんで……。

TAXI

第3章

旅を待つ間も花

おめでとう朝乃山！　富山愛が止まらない

「あれぇムロイさん？　いかったちゃねぇ」

一歩外に出るや否や日に2〜3度、かならずこんな風に私に声を掛けてくる人達がいる。

そのなまりはもちろん、我が故郷、富山県のものだ。

これまでも、東京在住の、あるいは出張中の県民の方が、道行く私の肩をトントンされるのは珍しいことではなかった。3日に一人は大袈裟でも、5日に一人ほどの割合でトントンしていただいていた。

「ムロイさんやろ？　私も実は、富山ながいちゃ」とか、「チャベチャベと（おせっかいにお喋りして）堪忍されぇ。でもオラも富山やちゃ」とか。

いいのだ。ホントにありがたい。故郷を懐かしんで話しかけてくださるのはとても嬉しくて、私もガッチリ握手をかわしてきたもの。

……が、ここに来て、その頻度が著《いちじる》しく増えているのである。そう、2019年大相撲夏場所で大関豪栄道を寄り切って優勝を飾った『朝乃山』に想い焦がれてのことである。

県出身力士の幕内優勝は大正5（1916）年の横綱太刀山《たちやま》以来103年ぶりとあって、誰もが歓喜に沸き返っているのだから当然のこと。

私自身も今場所は途中からテレビにかじり付いていたし、周りの友人たちにも「これ、富山の子！　私、新幹線のホームで見かけたんだよ。均整のとれた体で可愛い顔立ちだった〜」などと、自慢しまくっているし……。

さて、こんなタイミングの時に、〝今年最後のホタルイカ食べたい〟という友人らのリクエストに応えて、日本橋とやま館を予約した。地元の料亭はま作の郷土料理が絶品ゆえ。……ただし、私は内心、「今、とやま館に近づくのって、大丈夫かなぁ？」と少々ドキドキしつつ。

う〜ん、やっぱり予感は的中！

そりゃあそうだ。地元愛の深い県民が放っておくわけがない。中に入ると、朝乃山記念展がドカーンと催されているではないの！

朝乃山が天皇賜杯を抱き後援会の皆さんと万歳する写真、トランプ米大統領と握手する写真、東京氷見《ひみ》会が贈った朝乃山の座布団などがスポットライトを浴びて飾られていた。

〝令和〟の考案者とされる中西進氏が富山市の〝高志《こし》の国文学館〟の館長であったり、高岡市が万葉の里の一つであることも加え、とやま館3周年記念フェアの一環とし、令和関連コーナーも設けられていた。

「ああ、やっぱり！　す、凄〜い」

お祝いムード一色に包まれたロビーで、私は思わず呟いてしまう。すると、まるでそのひと言を待っていたかのように、数人のおばさま方に囲まれた。

「ああ、ムロイさ〜ん、私ももう、死んでもいいわぁ。こんな嬉しいことないちゃあ」

「ついに、ついに、富山の時代が来たわいねぇ」

どの人もこの人も、地元の北日本新聞が出した『朝乃山初優勝』の号外コピーを胸に抱きしめ、目をうるませるのでありました。

旅の楽しみ　また一つ消えて

北陸新幹線はくたか号に乗った。早朝ゆえお弁当は買わず、手作りサンドウィッチを保冷バッグに入れて。

「ウフフ、たまにはいいわねぇ。駅弁も旅の楽しみだけど、自分で作るといろいろプラスして工夫できるし」

ついでにキウイやメロン、さくらんぼう等のフルーツもカットして詰め込んできた。

とにかくワゴンサービスのホットコーヒーを待とうと、まずはそれらをミニテーブルの上に並べていたが……ここで事件！

やって来た係の女性に「ホットコーヒー、ラージで」とお願いするも、首を横に大きく振られてしまうのだ。「お客様、コーヒーの販売は２０１９年６月いっぱいで終了致しました。７月からはございません」と。

「エエ〜ッ!?　コーヒーが？　嘘〜、困る。じゃあミルク……牛乳はないの？」

無論、牛乳のような保冷命の飲料なんてワゴンで売るはずもない。

「だったら私、サンドウィッチなんか作るんじゃなかった。つばめグリルのハンバーグ弁当か平田牧場の三元豚とんかつ弁当買って、お茶にするんだった。もういや〜」

こんな言葉を投げかけてしまう私は、はたから見るとかなり危険なオバサンだろう。でもオバサンとは細やかな幸せを必死に守る生物なのだから仕方がないのだ。

「本当に、どんどん世知辛《せちがら》くって不便な世の中になるわねぇ」

私は引くに引けず、そんな捨てゼリフを吐いた。そしてその女性から水を1本買う。レタスやハム、チーズや卵、ピクルスも挟んだサンドウィッチを頬張り、水をゴクゴクと。……チッ、まずかった。

そういえば、車内販売の業務変更を知らずに憂き目に遭ったことを、他にも思い出した。

以前、山形のかみのやま温泉から帰る時だ。サイン会が長引き、5分前ギリギリに駅に着いたのだが、私もメンバーも腹ペコをどうしたものかと焦りまくっていた。残念ながら駅弁は売っておらず、ガックリ肩を落とす私に行きずりの人が教えてくれたのが「大丈夫、赤湯駅か米沢駅で『牛肉どまん中』弁当さ売りに来っから」であった。

　しかしながら、赤湯でも米沢でもワゴンサービスは来ないのだ。

『牛肉どまん中』弁当といやぁ、誰もが知ってる米沢名物！　〝ここで来なくていつ来るの？〟と私はどんどん不機嫌に。

　そして福島を通過して、ついに私は立ち上がったのだ。車両から車両を進み、ワゴンサービスの人を捜しに。

　何両か先でやっとのことお姉さんを見つけると「お願い、〝牛肉どまん中〟……いや〝牛タン弁当〟でもいいや」と半泣きで縋《すが》ったもの……。

　なのに彼女の口からは「あ〜、もうお弁当の販売はやってませんよ。ホヤのおつまみとかいかがですか？」とまさかのお知らせが。

　背に腹は代えられず、石巻の珍味『ほや酔明』をしゃぶり続けたのでありました。

えっ!? サクラケムシが好物なの?

桜を描いた名作、川合玉堂《ぎょくどう》や菊池芳文《ほうぶん》らの作品が公開されている〝春らんまんの展覧会〟を楽しみに、長野から友人が上京した。

国立近代美術館から足を延ばして千鳥ヶ淵辺りをのんびり散歩しながら、散りゆく本物の桜を眺めると彼女は言った。

「フフフ、千鳥ヶ淵の桜って、さぞかし……美味しそう」と。

〝さぞかし満開の時はきれいだったでしょうね〟なら分かる。彼女ときたら、一体何を言っているのだろう? 私は首をかしげて、「桜餅とか食べたいってこと? 神楽坂の甘味屋さんにでも行く?」と桜から連想するスイーツを提案してみた。ところが、我が友は何やらにわかに謎めいた微笑みを浮かべ、「私が食べたいのはねぇ、桜餅じゃあなくってサクラケムシよ」なんて一層妙なことを……。

「サクラケムシ!?」

「大好物なの、私。サクラケムシはモンクロシャチホコという蛾の幼虫で、桜の木に大量発生するのよ。花びらが散って葉っぱが生えそろって青々とした頃、7月~8月に卵を産むの。そうねぇ、9月の涼しくなった頃に食べられるかしらぁ」

色白の肌に真紅の口紅をさす彼女を、一瞬ドラキュラに見間違いそうになるほど、私は驚いた。

「そ……その毛虫……食べられるの?」

「うん。知る人ぞ知るなんだけど、サクラケムシは桜の葉っぱを食べて育つから、とっても香ばしいのよね。朝どれのをサッと茹でてもグーだし、乾燥させてからサッと揚げれば毛が落ちて食べやすいのよ」

友人は長野の伊那《いな》地方出身で、そこらには確かにイナゴ、ざざ虫、蜂の子、カイコなどの虫を古くから食べる食文化がある。サクラケムシも、彼女たちのレパートリーの一つとここは捉《とら》えるべきかもと、私は素直に「フ~ン」と頷いてみせた。内心はドキドキしていながらも。

虫といえば、昔、裸族を訪ねるテレビの旅シリーズで、パプアニューギニアの焼きイモ虫にチャレンジしたことがあったっけ。生けどりの蜘蛛はこっそり逃がしたがイモ虫はパスできず、息を止めながら小さいのを丸呑み。どことなく石鹸臭がしたような記憶がある。住む場所が違えば当然食材は変わる。私の大好物のホタルイカをパプアの少数民族の人々が奇妙に思うか〝イモ虫に似てらぁ〜〟と喜んでくれるかはまったくもって分からない。ただし、自分がデリシャスと感じるものを人に薦めたくなるのが人情というものなのだ。

ちなみに私の友人も何としてもサクラケムシを食べさせたいようである。

毛虫のシーズンはまだまだ先なので内心ホッとしつつ、それでも私は〝そうだ！〟と思いついた。そう、少しでも虫好きの彼女に応えてあげようと、蟻がビッシリ浮く〝蟻酒の店〟（龍口酒家）に案内したのでありました。

愛猫シロの在宅介護

愛猫シロが体調を崩している。5月末からガクンと食欲がなくなってしまった。シロは17歳のおばあさんだが、白茶のフワフワ和猫で今もスコブル愛らしい。野良猫時代に悪い人間に後ろ足を切られたらしく3本足になってしまった。途中まで面倒を見てくれていた和菓子職人のおじさんがいなくなったので自分が保護した。

うちで暮らし始めた当初はまるでなつかず、背中に触れることもできなかった。5年ほどしたある日、猫ゴハンの支度をしている私の背中に、突如ピタンとその身を寄せてきた。私はシロの心の中の固い蕾《つぼみ》がようやく綻《ほころ》んだことを知り、「シロちゃん、ありがとう。本当に辛かったね」と言って号泣したものである。

幼少から不遇だったせいか、気持ちのシャンとした気丈な猫だ。患《わずら》って2か月になり、どんどん弱っているけれど、這《は》ってでもトイレに行くし、水もしっかり飲もうと頑張っている。

シロの小さな命の灯火を1日でも長くとサポートしてくださっているのが赤坂にある動物病院の獣医師さんや看護師さんだ。これまで多くの猫を飼ってきた私にとっては〝駆け込み寺〟のような存在だ。

先日、シロの薬をもらいに訪ねた時、元院長先生が声を掛けてくださった。

「ママ、在宅介護、頑張ってますね。老齢の子にはママのそばが一番よ。大変でしょうけど、しっかり、ゆったり見てあげてくださいね」

いろいろと励ましてくださるとともに動物に関する興味深いお話も……。

「ママさんからいただいたお扇子、助かっています。この兎の柄、ステキね。ウフフ、兎といえば日本神話の〝因幡《いなば》の白兎《しろうさぎ》〟ご存じよね。物語の中で鰐鮫《わにざめ》に丸裸にされて泣いてる兎を大国主命《おおくにぬしのみこと》の兄たちが騙したことになってるでしょ？　海水を浴びて干すといいって。兎はヒリヒリひどい目に遭《あ》ったってことになってるけど、あれ獣医師の立場からすると何も間違っちゃいないの。だって海水は生理食塩水に近くって、とても体に優しいんですもの。まずは消毒したということで大正解なのよ〜」とのこと。

思いがけぬ話題に触れて、暗くなっていた私の心がホッと和んだ。するとさらに先生は、「あらぁ、じゃあ〝馬鹿の語源〟はご存じ?」と悪戯っぽく微笑まれる。

「バカ? ……な、何でしょう」

「馬と鹿にはね、胆嚢《たんのう》がないの。足りないから馬鹿って言うらしいのよ。胆嚢は胆汁を溜めてて脂が入ってくると分解するのね。つまり馬や鹿みたいな草食動物は肉を食べないから必要ないってことなのよ。ウフフ、医学的な側面から生まれた言葉やお話は、とっても多いんですよ。またお薬取りに来られた時、お話ししましょうね」

お優しい元院長先生は私の心のケアをしてくださっているのだなぁと、途中で気がついた。

こんな先生方と出会えて、うちの猫たちは幸せだなぁと思うと同時に、将来、自分の身に何かあった時にも、腕もさることながらやっぱり思いやりのあるお医者様がいいとしみじみ感じた次第だ。

台湾の愛猫占い

ＮＨＫＢＳプレミアムの『2度目の○○』という旅番組でナレーションを担当している。〝○○〟にはパリやベトナムなど海外の人気観光地が入り、レポートするイケメン俳優さんのＶＴＲを見ながら、私が一緒に旅しているように話す構成。旅好きが買われたようだが、残念ながら私自身は常にスタジオ内にいる。

ところが、そんな私にプロデューサーから連絡が入った。

「ムロイさ〜ん、もし良かったら台湾編に……」

「ヤッタ〜！　たまには出演ね？」と大喜びしたが、これは私の早とちり。彼は笑いつつ「台湾編に登場する占い師に、お宅の猫チャンを占ってもらいませんか」と続けた。

ナルホド〜！　今は空前の猫ブームだ。うちにも、私以上に猫らに取材の声が掛かるほど。そりゃあ占いの本場台湾に動物の姓名判断をする人がいるなら、番組的にもぜひ紹介したいところだろう。

その企画意図に合点がいき、「喜んで！」と言いかけた。ただ残念ながらうちの5匹は全員が野良出身なので、必要とされる生年月日が分からないのだ。どうしよう。

「大丈夫。その場合は猫と出会った日にち、名前、写真で占えるそうですから」

ならば!!　と再び私にやる気が湧く。１９９９年の夏の終わりに子猫で拾ったチビなら、出会ったあの日を記しているかも。私は当時の手帳を捜してみることにした。

それに実は私、昔からこの雄猫を溺愛するあまり、『チビのお見合い』（文藝春秋）や『平凡キング』（ネコ・パブリッシング）といった写真集やエッセイ集に登場させた上、近所の喫茶店にやってくる占い爺さんに子猫時代、すでに占ってもらったことさえあるのだ。

「こりゃあ凄い。この仔はその年代年代でいろんな才能を発揮しますぞ。尾っぽが示してる」と言われ、「さすがチビ！」と大満足だったもの。

月日は流れ、そのチビも今年17歳になる。人間でいえば80歳超え。とっくに私の年も越えた。

今も若々しくハンサムではあるけど、私は手帳を捜すうち、何だか徐々に気持ちが不安定になり始めてしまう。

「でもね……。チビ占ってもらっても、一体何があるかしら。恋愛・結婚運はもう去勢してるし、金運・仕事運？　残るは健康運ってことかぁ……。もし来年死ぬって言われちゃったりしたら、私が倒れちゃうかも」

年齢が上がると、どこの雑誌でも占いの生年月日表にも書かれなくなるって、オバサン連中が怒っていたことがあるが、チビ本人はどう思うのか……。年寄りの未来ニャンてぇ……とか？

「そうだよね……。私も同じ気分だし」

段ボール箱をひっくり返しつつ、私はいよいよ悩んでしまうのでありました。

東京、ゴメンナサイネ

長野県の松本。仕事を終え、担当の青年が駅まで送ってくれた時のこと。列車の出発まで時間があったのでベンチに腰かけて四方《よも》山話《やまばなし》に花を咲かせていた。と、突然に青年が言うのだ。

「いやぁ、東京って、やっぱり怖い所ですよね」と。

年は35ぐらいか。男性にしては色白のその顔がポッと赤らんだようで、私はすかさず「何が？」と聞く。すると……。

「この間、出張で秋葉原に泊まったんです。一人で飯食って、ホテルに入ろうとしたところに、キャッチから声を掛けられて」

「キャッチ？　……ああ、客引きの人ね」

「そう。繁華街にいろんな人が立ってるでしょ？　『デリヘル、いい娘《こ》いるよ』って小声で」

「デリヘル？　……デリバリーヘルス、出張ヘルスね。刑事ドラマやってると、しょっちゅう出てくる。で、お願いしちゃったの？」

「あの、僕、自分で言うのもなんなんですけど、真面目ないい奴なんです。妻や子供もとっても愛してて……」

「つまり、買っちゃったわけね」

「はい。僕も男ですもん。人生に1回ぐらい、そういう経験してみてもいいっすよね」

「分かるわよ。長野もうちの富山も教育県だもの。ソープもなきゃあ、ラブホも少ないわよね。昔なんて富山は県立高校の修学旅行もなかったけど、その理由が〝不純異性交遊があってはならないから〟だもんね」

「松本も風俗ないっす。塩尻に行くとキャバレーがあるけど、取り締まりが厳しいし……」

「で、東京の何が怖かったわけ？」

「はい。キャッチの男に、60分2万円て言われて、さすがに高すぎると断ったんです。そしたら『じゃあ45分で1万２０００円……、いやっ、もう45分８０００円でいいや』って。すごい値引きだと嬉しくなって僕、ＯＫしたんです。そして1万円札を渡して……」

「エッ？　ホテルの部屋で女の人にじゃなく、キャッチの男に？　ヤダッ、まさか〜」

「だって、1万円札出したら、ちゃんと２０００円おつりくれたんですよ。『今、可愛い娘連れてくるから、ここで待ってて。女の子のチェンジは1回につき１０００円。2回までＯＫ！』って」

「待ってたの？」

「はい」

「女の子、来た？」

「来ない。僕、ホテルの前で4時間半待ってました。2000円おつりくれたんですよ。写真を見て、この娘って指定して、チェンジの説明も……。信用しますよね、まさかねぇ」

青年は2時間経ったところで変だと思ったが、〝この時間は混むのかも〟と自分に言い聞かせたそうな。深夜2時を回ってようやく、自分は詐欺に遭《あ》ったと確信したものの、訴え出ることも文句を誰かに言うこともできなかったというのであった。

東京者の私に初めて打ち明けたらしく、自業自得とはいえ私も何だか申し訳ない気分になる。思わず、「東京、ゴメンナサイネ」と詫びたものだった。

男の園へ東京散歩

銀座界隈の早朝ロケが好きだ。始発前に家を出るのはけっこうキツイけど、仕事を早々に終えたらその後の時間を銀座周辺でタップリ使えるから。ちょっとした東京散歩が楽しめるというわけだ。

もちろん銀座の朝はゆっくりでお店は多くが閉まっている。それでもちっとも困らないのは、すぐ隣に夜明け前から動き出す築地場外市場というビッグタウンがあるからだ。

定食屋やお寿司屋の他、食べても食べても飽きのこない絶品東京ラーメンやそば・うどんがある。屋外での立ち食いだが大満足でする。そしてさらにレトロな喫茶店でミルクセーキなどを注文し、その日の作戦をのんびり練るわけである。

先日は有楽町のスバル座で映画を観て、有楽町ビルの地下街をうろついた。いかにも昭和といった風情の店が並ぶ中、私はとある看板に目が釘付けになる。〝至福のひとこと時・炭酸耳エステはいかが〟と書かれてある。

「秋葉原でメイド服の女性が耳そうじしてくれるのって流行ったっけ。気持ちいいのかなぁ……。まっ、入ってみっか！」

私は自分がにわか旅行者のつもりで理容室『スカイ』のガラス扉を開けた。

たちまち漂ってくる懐かしい香り。清潔で広々したフロアーには品の良い初老の紳士や、営業の仕事を抜けてきた中年サラリーマンが、飛行機のファーストクラスばりの水平椅子で惰眠を貪《むさぼ》っている。加齢臭を除去し血行促進をうながすヘッドスパや、髭剃り・顔剃りに首・肩・足ツボのマッサージと、一人一人が違うメニューに夢心地のよう。

男のパラダイスに迷い込んじゃったかもと目を丸くしていると、じきに女性スタッフが声を掛けてくれた。気っぷのいいお姉さんがニッコリと。

「ス、スミマセン、耳エステって女でも？」

「もちろんです。女性の方、多いですよ」

「へぇ〜、そうなんだぁ」

お姉さんは手際よく私を誘《いざな》って寝かしつけてくれると、さっそく人生初の耳エステなるものを始めてくれた。

まずは専用カミソリで耳の産毛《うぶげ》剃り。自分じゃあまさかと思うが、耳にもけっこう生えるものらしい。さらに耳カキ棒での耳垢《あか》そうじがサクサク進むと、いよいよ炭酸エステが始まった。

耳栓をはめられ、炭酸の泡らしきものがシュワーッと耳全体を包む。私自身はガーゼで目を覆われているので見えてはいない。しかしそれゆえ、炭酸の泡が耳にすり込まれて行くたび、耳元で大ぷらを揚げてるみたいに感じてしまうのだ。

「今夜、天ぷら食べたくなっちゃった」

「ウフフ、鉄板焼きっておっしゃる方も」

炭酸が馴染んだ頃、化粧水で整え、さらに耳ツボのマッサージが……。

「あの〜、食欲おさえるツボも刺激して！」

「はいはい、じゃあ、行きますよ」

私の〝男の園潜入〟という緊張はすっかりほぐれ、次第に注文を口にするようになりました。

耳エステ、時々、鼻毛

前編で、〝男の園へ東京散歩〟として、有楽町の理容室の耳エステをご紹介した。炭酸の泡にシュワシュワシュワーと包まれる快感を友人らにも話したところ、誰もが興味津々。特にP子などは電話で済まず、わざわざうちまでやってきた。

「ねぇ、私の耳を見て！」

むんずと私の顔面に耳を寄せてくる。

「ヤダッ、真っ赤になっちゃってる」

P子の耳の入り口辺りが爛《ただ》れているではないか！　ショートカットの美人さんなのに、これはヤバイ。驚いてる私に彼女が言った。

「私って会社じゃあ、かなりクールなスマートババアで通ってんのに、ある日、部下の男から注意されたの。〝言いづらいけど言いますよ。耳クソ見えてます〟って。

……もう気絶寸前だったわよ。それから毎日必死よ。だって高級ブランドのスーツ着てんのに、耳クソ女じゃねぇ。でも、気にしていじりすぎてついに痛くなって……」

何とも気の毒な告白に私も大きく頷《うなず》いたもの。だってP子の気持ち、本当によく分かるから。

私たち俳優の場合、敵は大型テレビだ。時代は4Kから8Kへと移り変わろうとしているのだから、私たちの顔面の穴という穴がどんな状態にあるのか包み隠さずご覧に入れてしまうことになる。

吹き出物、目ヤニ、鼻毛、耳垢《あか》という体から自然に発生したものに自分自身気がつかず、ギョギョギョギョとオンエアーを見て騒いでも、〝すでに時遅し〟となるわけだ。

「鏡でチェックするのよ当然。でもね、穴の中、耳とか鼻はね、鏡だけじゃ確認しきれないからねぇ〜」

私はP子とひとしきり話し合い、それから例の有楽町の理容室『スカイ』へと向かった。耳の回復を待って自分も通いたいから、見学させてくれとのP子の望みを聞いて、私は耳エステを行い、続けて〝鼻毛処理〟もリクエストした。

「鼻毛は我が理容室のエース、〝ささやき王子〟が担当致しますよ」

女性スタッフから王子へとバトンタッチされるが、私の目にはガーゼがあてられたまま。どんな王子なのか見たくても、鼻毛という部位だけにやっぱりそれも憚《はばか》られる。

「お客様、特殊なワックスが付いた小さな棒をお鼻のごく入り口に入れますよ〜。はい、入りましたぁ。これで少々お待ちください。小鼻をキュッキュッと軽く押します〜。さあ、それではまいりますよ。ワン・ツ・スリー！」

片方の鼻先にピキッという凄い衝撃が走った。痛い……いや、痛いかどうかも分からぬ素早さ。目のガーゼを外して思わず起きあがると、超イケメン王子がペロペロキャンディーの棒の先っちょにガムをくっつけたような物を手に微笑んでいた。

私の鼻毛がまるでサボテンの毛のようにツンツンくっつくさまに、私もP子もしばし言葉を失った。嘘……こんなに……生えてる。

ガパオ売りの男

無性にお腹が空いていた。

旅番組のナレーション録音のお昼。前の仕事が押したため、私はヤキモキして赤坂の裏通りを走っていた。空腹しのぎのオニギリを買いにコンビニへと向かっていたのだ。

「ヤバイ！　13時まで、あと20分。昼抜きで夕方までぶっ通しは嫌ッ。死ぬ〜〜ッ」

私という奴は本当に空腹に弱い。自分でも嫌になるが、こんな私に声を掛けてきた人がいた。

「美味しいよ。ガパオライス」

コンビニまであと20メートルほどの距離なのに私は甘い囁《ささや》きに思わず振り向いた。

と、辺りに人気《ひとけ》はなく、男が一人っきりで佇んでいる。

「ガパオライス、凄いよ。750円。おつりもある」

色黒の男はギョロ目で赤い歯茎と白い歯を剝《む》いて笑っている。ガパオライス売りのタイ人なのか……!?

「私の腹ペコを、この男は見透かしている」

そう思うと体がカチコチに固まり、立ち去ることができなくなった。

男ときたらニヤリ笑いでオイデオイデの手招きを。ジワジワ近づいてみると、彼は日焼けがひどいただの日本人のオッサンだった。

「ガパオ……、ど、どこにあるの?」

私はまるで路地裏でヤクの売人に声を掛けられたみたいにオドオドと尋ねる。だって、普通路上販売する場合、店舗の前に机を出してとか、ワゴン車の後ろを利用するとかするものなのに、この男はオンボロバイクを携えてるだけだもの。しかも工事現場の横っちょに。

「この中、この中、パクチーたっぷり」

止《や》めるならこの言葉がチャンスだった。パクチーは無理よと言って逃げればよかった。なのに私ときたら、「わぁ〜、パクチー大好きぃ」なんて喜びの声をあげちゃったのだ。

観念して私はバイクの荷台に積まれた箱の中をのぞいてみる。すると薄汚れたビニール袋が3つだけ、雑に置かれてあるのだった。

「本当に旨いんでしょうね。箸はあるの？」

私は咄嗟《とっさ》に考えたのだ。もし、「箸はないよ」と言われたら、今度こそ踵《きびす》を返そうと。

しかし……残念ながらこれも失敗。「箸はないけどレンゲがある」に「グッド」と反応してしまったのだ。

私の心の中には、オニギリなんかより流行のガパオだろ、という思いがあるらしい。

「じゃあ、ひ、一つください」

私はついにガパオを買った。

さて、お代を渡し、袋をもらって歩き出した瞬間、男の声が私の背中を襲ったのだ。

「お気をつけて」……と！

ここは「ありがとう」だろ。一体何に気をつけろというのか。

私はこの日、最強の恐怖を味わっていた。

おばあさん、危機一髪！

危なかった。隣町の小さな踏み切りで。

お昼少し前で商店街は閑散としていた。私は喫茶店から銀行に寄り、踏み切り向こうのコンビニへ行こうとしていた。いつものように自転車に乗って。

踏み切りの少し手前でカンカンという警報音が鳴り出し、間もなく遮断機も下りた。

私の前にはおばあさんが一人だけ。シルバーカーと呼ばれる高齢者用の手押し車に身を寄せ、電車がすぐそこのホームから発車するのを見つめていた。

私も彼女同様に電車の通過をボンヤリ待った。そして遮断機が上がると自転車を押してさっさと踏み切りを渡った。

しかし、渡り切ったところで自転車に跨《また》がった私は、何となくおばあさんを振り返った。後ろから彼女を追い抜く時、目の端でチラリその歩みを捉《とら》えたからかもしれぬ。

案の定、おばあさんはまだ一つ目のレールの上にいた。

「あの歩みじゃあ、渡り切るのにまだまだかかっちゃう」と胸の内で呟き、まずいと思った瞬間、再び警報機が鳴り出した。

そうなのだ。ここは開かずの踏み切りで、電車がひっきりなしに通過する所なのだ。

私は慌てて自転車から降り、路上に放り投げるや否やおばあさんの元に走り寄った。

「急ぎましょ！　電車来ちゃうよッ」

おばあさんを抱きかかえ、体でシルバーカーを押した。火事場の馬鹿力で何とか二つ目の線路も渡ったが、もう遮断機は下りていた。

「おばあさん、しゃがんで！　お尻ついたら体、押しますから」

目の前のバーは地上から1メートル弱の高さ。腰が曲がっているとはいえ、おばあさんもシルバーカーもスッとは通れはしない。しかもバーはズッシリ重くて、彼女やシルバーカーをフォローしつつ片手で持ち上げるのが私には困難だった。

おばあさんの体勢を何とか変えさせようと力を入れても、彼女の体は固まったままで、膝を曲げることも頭を屈《かが》めることもできない。

「何よこのバー、馬鹿じゃない？　何でこんなに重くしてんのよ」

腹が立って口走りつつも、もうおばあさんをこの場で寝かせて体を転がすしかないと彼女を地面へと力をこめた時だ。

バーの向こうに通行人がやってきて気がついてくれた。見知らぬおじちゃんとおばちゃん二人がバーを思い切りよく持ち上げ、何とかおばあさんと荷車をくぐらせることができた。

「何やってんのよ、危ない！」

なぜか私が怒鳴られてしまったが、本当に危なかったと思うと言い訳する気にもなれず、「すみません。ありがとう。助かりました」とお礼を言った。

当のおばあさんだが、ニコニコ笑ってつっ立ったまま。改めて彼女をよく見ると、金糸の入ったグリーンの毛糸の羽織物に赤いマフラーを巻いていた。踵《かかと》を踏んづけて履いている靴は、ボロボロの古びた革靴だった。いずれもおばあさんには若すぎるもので、彼女の体からは染みついた尿のにおいがした。

「ああ、この人はきっと一人ぽっちなんだ」と思うと、ひっきりなしに鳴る警報機と重たい遮断機がいよいよ憎たらしくなるのであった。

秋ヒール　豆に染み入る婆の声

秋を迎え、不快な蒸し暑さからも解放され、ホッとひと息。余裕ができたせいか、ひとたび外に出ただけでジーンと人の情けが心に染みわたる。

個人タクシーのスミレさんがまさにそう。

〝スミレさ〜ん〟と下の名前で呼ぶくらいだから、けっこう古い間柄。きっかけは彼女がまだ大手タクシー会社の運転手さんだった頃のこと。偶然にも2度、彼女の車に向かって私はヒラヒラと手を上げたのだ。

スコブル運転が上手なうえ、とても気さくな人柄のスミレさん。「こんな女性ドライバーさんなら安心！　しょっちゅうお願いしたい」と、私はすぐに名刺をねだった。

……それ以来だから、もうかれこれ17〜18年ほどのお付き合いとなろうか。

スミレさんは大変な頑張り屋さんなので、私より年上のオバチャンドライバーであるにもかかわらず、個人タクシーの資格もその間に取得している。

さて、スミレさんに感謝すべきことは数々あるが、先日も玄関の扉を開けるなり、私はジーンと胸が熱くなって朝も早《はよ》から泣きそうになった。だって、私を待ってくれているスミレさんが、うちの玄関まわりを小さなほうきで掃《は》いてくれているのだもの。

「いやだぁ〜、スミレさん、そんなこと！　いいんですよ、大丈夫なんですよ、帰ったら自分で掃きますから。スイマセン、ホントに」

私が慌てて駆け寄ると、スミレさんはニッコリ微笑んで、「いえいえ、これは私の朝のストレッチですから〜」なんて言ってくれちゃうのだ。

彼女は私がここのところ過密なスケジュールであまり寝ていないことを、前回の乗車で察知しているようだ。タクシーの中でウトウトしたり、私の口数が減っていたりしたのであろう。

スミレさんは自分のトランクに積んだ掃除道具を出して、これまでも助けてくれていたことも分かった。どうりでいつもきれいなはずだ。グッと堪《こら》えたものが、思わず

ポロリとこぼれてしまった。

朝一番から人の優しさをいただいて列車に乗れば、そこでもさらなる仏に出会った。

履き慣れぬハイヒールの足をモゾモゾ動かしていると、隣のご婦人が眺めていた朝刊を私に差し出してくれる。

「朝刊読み終わったの。良かったらどうぞ」とでも言うのかと思いきや、さにあらん。視線を落とし、私のヒールを見つめて呟いた言葉は、「15センチね」であった。

「エッ、何？　ヒールの高さ……ですか？」

「名古屋？　大阪？　いずれにしても2時間以上はきついわよ。私も脱ぐから一緒に脱いじゃいましょうよ。新聞紙半分こよ。ウフフ」

彼女はこう言うと率先して列車の床に新聞紙を敷き、台風情報の記事の上に足を置いた。

すると私も、お言葉に甘え、北朝鮮ミサイル記事の上にむくみ始めた両足をボトッと……。

〝秋ヒール　豆に染み入る
ババ（婆）の声〟
と、ありがたさに一句浮かんだ。

ハ・ハ・ハ・ハ〜〜〜クショオン！

ニッポン放送『高田文夫のラジオビバリー昼ズ』に呼んでもらいゲストトークする私に、友人からメールが届いた。

「ラーメンの件、同情するよ。新しいのを注文してくれるとか、お金を払うとか、何もないなんて……。その男、ひどすぎるよ〜」と、私以上に怒ってくれちゃって。

　これは最近私に起きた、とっても残念な出来事なのだ。

　旅先のラーメン屋のカウンターでチャーシュー麺を食べていたところ、隣に座った見知らぬ男にもチャーシュー麺が運ばれてきた。男は目の前の大型のコショウ缶を手に取り、勢いよくふりかけた途端、それが鼻にツンときたらしく、それはそれは大きなクシャミをしてしまう。

「ハ・ハ・ハ・ハ〜〜〜クショオン！」

このハ・ハ・ハというスタッカートの部分までは自分の正面を向いていた彼が、クショオンのフォルテ部分でその首を斜め60度にひねってしまうからたまらない。彼の口元から大量のツバが空中に飛び散って……。光の加減なのか、霧状のものが噴霧されるのを私はしっかりと見た。おまけにその着地点といえば、悲しいかな私のラーメンの器の中なのだった。

私は半分ほどの麺をすすり終え、チャーシューもちょうど半分をこれから楽しもうと乗りに乗っているところ。

「……無理……、無理、ムリ、むり無理……」

いくら麺やスープがアツアツだろうが、よそ様のツバが蒸発するはずがない。何もなかったかのごとく受け入れることはあり得ない。

でも、これが友人だったらどうだろう。もし、食べるのを即座に中止したら、友情はそこから悪化してしまうかもしれない。

そもそも、一般的にクシャミをする人に反省を求めるのは難しいものだと私は思う。

なぜって、クシャミする人はその瞬間、反射的に目を閉じる人が大半で、自分自身は噴霧を見ていないのだから。それが証拠に隣の男だって、コショウがスープに馴染むのを確認すると、もの凄い勢いでラーメンをすすり出したもの。

結局、私はというと、途中でギブアップし、中途半端なお腹のまま、お店を出るしかなかったのであった。

さて、私が詳細を知らせると、友人はさらにメールを返してきた。

「私なんて、他人のタバコの煙が自分の鼻の中に入るのも嫌よ。体に害があるとかないとか騒ぐ前に考えてもみて。一度人の体内に入って、吐き出した煙なんだからね。噴霧と変わんないと思う。私は禁煙法推進派よ」……だって！

この理屈だと、普通の呼吸そのものが不潔に感じられてしまうのでは!?　と、いささか友人が心配になる。いや、それでもあのクシャミ男に友人みたいな抗菌志向があったらなぁと、今さらながらに思うのであった。

ギョギョ！　静電気恐るべし

旅先、ホテルのテレビ。中国で起きた不可解な火災のニュースを見た。

男性がトラックの荷台に乗り込んだ途端、積み荷が炎上。緩衝材に使われる発泡ポリエチレンが一瞬にして燃え上がったのだ。男性は反射的に飛び降りて軽傷ですんだが、なぜ発火したのか本人に心当たりはない。地元メディアの発表によると静電気が原因らしいとのことであった。

「ヤバイこれ！　静電気～？　嘘でしょ!?」

テレビの前でゴロゴロ横になっていた私は跳ね起きた。だって、タバコを吸ったとかなら分かりやすいけれど、男性は黙々と働いていたのだから。

「ひょっとしたら、荷台にポンと勢いよく着地したのがまずかった？　ポリエチレンと男の体がシュッと擦《す》れて発火したとか？　摩擦かなぁ……」

独りよがりな現場検証をしたところで仕方ないのは分かりつつ、私は自分の知識の範疇《はんちゅう》で納得できる原因を知りたかった。本当に静電気が犯人となってしまうと、見過ごすわけにはいかぬから。

実は私、ひどい〝電気持ち女〟なのだ。

握手するとビリビリ、髪を撫でると毛が逆立ち、合成繊維の服だとピタピタタイツの〝モジモジくん〟みたくピッチリ体に張り付いてしまう。これじゃあ洋服でいくら体形をごまかそうとしてもお手上げ。特に下半身がYの字に浮きあがるのは恥ずかしいったらない。

静電気は空気の乾燥する冬場に発生しやすく、服と皮膚の摩擦で人の体に帯電してしまう。湿気の多い季節だと、水分は電気を通しやすいゆえ自然に空気中に放電しているということらしい。

私は過去に2度ほど静電気によるかもしれぬ災いを、この目で見たことがある。

一度は真冬。化学繊維のジャージ上下で愛猫チビと寝ていた時。少々酔っており、夜中に暑苦しくなって上着を脱いだ。

するとその途端、バチバチという音とともに青い炎があがり、次の瞬間に消えた。幸い引火はしなかったが部屋がパッと明るくなったことでチビは仰天し、1メートル以上ものジャンプをしてベッドから飛び降りた。

さらにまだ若い頃、それは暖かい時期だったと記憶する。混み合う居酒屋の座敷で友人たちと酒盛りをしていた時だ。タバコに火をつけようとマッチを一本擦った瞬間、私のすぐそばにいた見知らぬサラリーマン風の男の背中に青い炎が出現しサーッと消えた。

あまりのことに私は絶句し、男性のワイシャツの背中をしばしジーッと探っていた。「あの〜、今、あなたの背中が……大丈夫ですか？」と、とうとう詫びたところ、本人は「そういえば、何だかフッと温かだったなぁ……」とキョトンとされたのだった。

あの当時は、お酒の飲みすぎで体の表面から分泌するアルコールが燃えたと思っていたが、あれも静電気が何らかの形で作用していたのかもしれぬと思えてくる。

目に見えぬ静電気は謎だらけ。しかし最近の研究では、〝体内に帯電した静電気が認知症発症の原因にもなりうる〟と分かっているらしい。

ああ、静電気、恐るべし！

汁……汁もダメなのね

「ムロイさん、助けると思ってそのチーズケーキと僕のフルーツロール交換してぇ」

声を潜め耳元で囁《ささや》いてきたのは隣の椅子に座る若手俳優君。地方でのドラマロケの真っ最中に。

「チーズケーキが欲しいってスタッフに頼めばよかったのに。私、もうかじっちゃったわよ」

若者ゆえ遠慮してリクエストできなかったのかと、私は呑気《のんき》な声をあげる。……と、彼は真剣な顔になってさらに言うのだ。

「そうじゃなくて、僕、アレルギーが」

「えっ、アレルギー？　何の？　小麦……卵とか？　だったらチーズケーキ、大丈夫かな？」

「違うんです。僕のはキウイフルーツアレルギーですよ」

「ええッ、キィーウィー!?」

私はたちまち彼のお皿のロールケーキに目を移す。中心部にいろんな果物。そのうず巻きの真ん中では、キウイが鮮やかな黄緑色で存在をアピールしているように見えた。

「まあ気の毒に。大好きすぎて食べすぎちゃったのね。それである日突然に？」

カニやカキが大好物で長年食べていたのに、急にブツブツが出たり吐いたり、発熱して倒れるケースもあると聞く。キウイなど果物は今や一年中手に入るので、毎日食べていたということなのか……。ところが俳優君はこれには大きく否定するのだ。

「いいえ、初めて食べた時に、もう目がブアーって腫《は》れて真っ赤に。呼吸も苦しくて。生まれつきダメなんだと思う、キウイが。他の果物は大丈夫なのに、ほんのわずかにその汁が付いてるだけでもダメなんですよ」

キウイだけ外せばＯＫという単純なものではなさそうだった。

それにしても私の食べかけと交換はいくら何でも申し訳なく、私はテーブル正面にいるオバサン女優に頼んでみた。彼女はまだひと口も手をつけていなかったので。ところが、彼女ときたら両手でストップポーズをとり、大きく首を横に振るではないか！

「ゴメンネ～、アタシ、バナナがＮＧなの。だからバナナって聞いただけで耳の奥までチリチリする感じが」

私と同じ年頃に見えたのでこれには驚いた。昔人間は抵抗力が強くてアレルギーなどない人がほとんどかと思い込んでいたから。

「気をつけなさいよ、クッキーやムース、ソースにジュース。ちょっぴり入っていることあるからね。私なんて歯磨き粉のバナナ味だって警戒してんだから」

大きく目を開いて歯磨き粉を例にあげた。それを聞いて私はハッとなったのだ。

「ねぇ君、大丈夫？　キスシーンとか。若いからけっこうあるわよね。相手の女優さんが直前にキウイ食べちゃってたら……」

少々の汁でも俳優君が反応するなら、さもありなん。女優さんがエチケットを気にするあまり、揚げ物やニンニク入りの炒め物が詰まったお弁当を避け、サラダと果物なんて取り合わせは充分に考えられる。

「ヤバイわよ。チューした途端にコテンなんて。知らない人は、一体どんな芝居だよ、それって……」

俳優君にそう助言した。……いやいや、冗談では済まないかもしれぬよ。

増えると嬉しいけど、新しい火種も

「もしもしシゲル、何してんの？」

友人M子から電話。いきなり〝何してんの？〟とは何さと切り返す。すると、〝フ〜ッ！〟という溜め息のような、失笑のようなかすかな音が届いた。

「もてあましちゃってんの時間を。正月休みをタップリとって、連休もあって海外旅行も楽しんだ。なのに働き方改革とやらですぐに会社から帰らされるし。有休も使い切れってうるさいし、何だか調子狂っちゃって」

不平不満ではないけれど、彼女のトーンはひどく気だるい。本来なら休みが増えればラッキーと喜ぶものだが……。

「老けたんじゃない？　大丈夫??」

私が茶化すように言うと彼女、今度は大声で笑った。

「やあねぇ、違うわよ。ほら、休みが多いと、どうしてもお金使っちゃうじゃないの」

なるほど、確かにそうだ。プライベートの時間を増やして国民に消費をうながす景気回復の狙いもあるらしいゆえ、まんまとその作戦にはまっているということになろうか。

「そうよね、次々と商業施設ができたり、旅行プランの宣伝も目に入ってくる。珍しい物があるとお土産に買っちゃうもんね」

「そう、ついつい買っちゃうの。するとどう？　家の中に使わない物が出てくるでしょ？」

「気がつくと、似たようなものがゴロゴロ！　分かるわぁ〜」

「歳とればとるほど、嗜好《しこう》する物に偏りが出てくるからね」

「あんまし冒険しなくなる。それで……何？」

この話にオチはあるのかと、私が自宅の時計にチラリ目をやった頃、M子が本題に入った。

「こりゃあいかんと思って、私ね、家の中の整理を始めたの。やっぱりゴロゴロよ、不用品が。中にはまるで使ってない物も」

「ああ、捨てるにゃあもったいないわよね」

「でぇ……、ちゃんときれいなお皿やスプーンのセット、鍋やかん、花瓶。身につけてたスカーフやネックレス、バッグなんかも段ボール3箱に入れて、家のガレージの前に並べたの。『よろしければご自由にお持ちください』ってね」

「住宅街でよく見かける。私もやろうかなぁ」

ところがここで再びM子のフーッという息の漏れる音が。今度こそ、それは溜め息と分かった。

「ダメだった」

「何が？　何がダメなの？」

「減らなかったの」

「誰も持ってってくれなかったの？」

「ううん、うちの3分の2ほどなくなったけど……。でも、前より全体量が増えちゃってて」

「増えた？　何でよ……」

「他所様《よそ》の不用品もうちの段ボールの中に。不用品段ボール相乗りっつうか」

「不用品段ボールの……相乗り」

これは問題だ。見知らぬ誰かの不用品にもらい手がなければ、ゴミの日に処分するしかない。しかし、その光景を不用品の所有者が見たら何と思うだろう。しかもそれが近所の人であったとしたら……。M子が困るわけである。

休みが増えて嬉しい反面、新しい火種もいろいろと生まれるものなのか!?　何だか考えさせられた。

コラム❸

シゲルおすすめ「生物的開運スポット」

❶鶴岡市立加茂水族館

落ちこぼれて倒産寸前から世界一のクラゲ水族館に。V字回復のパワーにあやかろう！　ギネスも公認だ。お隣の酒田市には平田牧場が改装・運営して大人気となった「相馬樓」もある。ムロイのYouTube〝ピトトトトンよ〜〟で手ぬぐい遊びをするキュートな酒田舞娘さんがお出迎え♡

〒997-1206　山形県鶴岡市今泉字大久保657-1

❷黒部峡谷トロッコ電車

エメラルドグリーンの絶景をトロッコ電車に乗って、私、ムロイがご案内致します。途中、黒薙駅近くに猿の専用吊り橋があるのだが、運が良ければ猿が対岸へ移動する姿をカメラに収めることができるよ。その写真がきっとあなたの〝お守り〟に〜！

〒938-0293　富山県黒部市黒部峡谷口11　黒部峡谷鉄道

❸目黒寄生虫館

世界でたった一つの寄生虫の専門ミュージアムだ。様々な経験を積んだ人も〝アッ〟とか〝ウッ〟とか思わず声を発するであろう。「ここのところ、パッとしないな」なんて思っている人や、強い刺激を求めている人にピッタリ。パンチの効いたパワーを受け取っていただきたい。

〒153-0064　東京都目黒区下目黒4-1-1

❹掛川花鳥園

最近、花鳥園デビューした私は、その美しさと自由さに圧倒されちゃって……。ハリー・ポッターに登場のフクロウや、動かないという伝説のハシビロコウが係員さんに恋するさまが見学できる。ペンギン、インコ、クジャク、フラミンゴなど放し飼いの中で生物パワーをいただこう♡

〒436-0024　静岡県掛川市南西郷1517

❺東京ディズニーシーの〝ニモ＆フレンズ・シーライダー〟

魚サイズに縮むシーライダーに乗って、ニモやドリーに会いに行こう。私、ムロイ、ドリーの吹き替えを担当していますが、我を忘れて夢中に！　〝タートル・トーク〟に続く名アトラクションだね。世俗の嫌なことを忘れ、スッキリしたい時、忘れん坊のドリーの力を借りてみてはいかが？

〒279-8511　千葉県浦安市舞浜1-1

❻上野動物園〜上野東照宮〜水月ホテル鷗外荘

生物的パワーといやぁ、やっぱここだよね。さらにすごいのは上野公園内にある東照宮！　日光はとても有名だが、ここは隠れた観光スポットなのよね。ホント、知る人ぞ知る、なかなかのパワーがありますから〜♡　ご宿泊はぜひ鷗外荘で。こちら、文豪・森鷗外の旧居を生かした宿。しかも天然温泉なんですぅ〜♡♡

〒110-8711　東京都台東区上野公園9-83（上野動物園）

〒110-0007　東京都台東区上野公園9-88（上野東照宮）

〒110-0008　東京都台東区池之端3-3-21（水月ホテル鷗外荘）
※2020年５月31日に閉館。

第4章

ああこの旅、またひと皮むけて

黒紋付と黒留袖

友人が嬉しそうに言った。

「ウフフ、秋にね、うちの娘、結婚するの」

「まあ本当？　おめでとう。アヤちゃんの彼って会社の人？　都内に嫁ぐの？」

小さな頃から知る娘さんゆえ、私も気になって次々と質問攻めにする。お相手は大学の先輩で、結婚を機に会社を退職して実家に戻り商売を継ぐのだそうだ。

「じゃあ、どこか地方へ？」

私がこう聞くと、友人の顔がたちまち曇り始めた。

「愛知。……名古屋市内なの」

「あら名古屋。近いじゃない。たった1時間半よ。横浜に遊びに行くのと変わんないわよ」

友人の淋しい気持ちを察し、こちらはカラカラと笑ってみせたが、彼女が気にしているのはまるで違うことだった。

「ねぇ、シゲルの田舎、富山の婚礼も派手で格式とかうるさいんでしょ？　名古屋なんて日本一って聞くから。昔っからの商家に嫁ぐとなると、それ相応の準備もねぇ……」

「ああ、そういうこと」

なるほど、それが不安気な顔つきの原因か。

友人が最低限必要な道具とともに喪服着物の黒紋付や黒留袖、色留袖ぐらいは持たせねばと、娘を和装店に連れていこうとしたところ、当の本人がピシャリ言ったそうな。

「お母さん、大丈夫よ。彼のご両親からは〝アヤちゃん、身一つで来りゃ〜ええだがね〟って言われてんの。時代が違うのよ、もう。何かあれば着物なんてレンタルでいいんだから、レンタルで！」

友人は娘のこのレンタル発言にカチンときて、「家紋はどうするのよ。レンタルじゃ家紋が大変よ」と諭す。ところがこれにも娘はすかさず、「今はね、シールの家紋があるからどうってことないのよ〜」と一笑に付したというのであった。

嫁入りに際し、実家で黒紋付や黒留袖を作るのが当たり前の時代が少しずつ変化しているのは間違いなさそうだが、さすがに私も〝レンタルにシール〟とは驚いた。

「特に喪服は互いの家族が元気なうちに作んないと。誰かが具合悪くなってからじゃあもめ事の因《もと》。嫁入りの時にそろえるべきよね」などと口走る。

しかし、こう言ったのは、実は私にもいささか心当たりがあったからである。

両親の離婚で母親代わりをしてくれていた富山の伯母が、なかなか嫁がぬ私を案じて、しきりと連絡してきていた事柄があった。

「シゲちゃん、女優になんかなって、いつまでも嫁に行かんもんに、おばちゃん心配やちゃ。でもね、元気なうちに黒留や紋付を縫《ぬ》わんならん思って、反物《たんもの》はここに用意しとるがいちゃ」

すぐに始めたいから採寸に来いと言ってくる伯母に、〝そのうち〟〝今度ね〟と私は、はぐらかしてばかり。自分には黒留も紋付も不必要と内心思い続けていたから……。

そんな伯母が昨年の秋に旅立ってしまった。

〝シゲル用〟とメモ書きが添えられた、２種類の黒い反物が私の元に届いた。

まだまだ慣れぬ〝R元〟

火曜のお昼少し前、赤坂の事務所裏通りのお弁当屋さんへ一番乗りィ！

元お米屋さんだった女店主のおばちゃんが〝手作り弁当〟とのぼり旗を立てて頑張っているお店。ご飯はもちろんのこと、焼き魚やカラアゲ、キンピラ、酢の物などのおかず、豚汁も味噌汁も抜群の旨さで、おまけに超安い。当然のことながら大大大人気ゆえ、お昼は混雑する。

それゆえおばちゃんもニコニコというよりは常にキビキビ……いや、ピリピリした雰囲気を醸し出しておられる。正直言って、長年通うもまだ一度も笑顔を見たことがない。

いやいや、良いのだ。そんな無理に愛想よくしてもらう必要なんか。お弁当をゲットできれば何も文句はない。

ただ、本日初めていつもとは違う、ちょっぴり長めの〝お言葉〟をいただいた。

まだ他にお客がいなかったせいでおばちゃんにも余裕があったのと、3人分の弁当プラス単品惣菜の合計が2500円ほどだったので、彼女の方から「領収書、いらないの？」とお気遣いいただいた。

「えっ？　領収書……。ハイハイハイ、お願いします」

「……2000……500…8…。宛名は？」

「はい、ムロイで」

「ム……ロ…イ……今日は何日？」

「えっと、5月7日です」

「フンッ……、何て書けばいいのよ」

「あっ、お弁当代と、お願いします」

「違う！　何て書くの？」

眉間のシワが深くなり、おばちゃんは手元の領収書を睨《にら》みつけている。一体何を考え込んでいるのか分からず、私は何も答えられない。ドキドキオドオド、彼女と領収書を代わり番こに見つめるだけ。

「……やっぱりアールガン……かなぁ？」

おばちゃんは突然何か閃《ひらめ》いたような面持ちになり、「アールガン、アールゲン、アールワン」と何かの三段活用みたいな調子で変形させながら呟いた。

「アールワン？　……つまり〝R‐1〟ですか？　ヨーグルトの」

〝R‐1〟なら吉田沙保里さんらがCMに出演している明治の発酵乳で、私もよく飲んでいるゆえ、思わず〝それ知ってる〟的なノリで口を挟んでしまった。

いけない！　違う、そうじゃないのだ。おばちゃんは平成31年5月7日と書きかけて、そうじゃないと気付き考え込んでおられたのだった。長い連休中、彼女も店を閉め、本日がおそらく令和初の開店日だったに違いない。

私が令和第1号の客で、その客に出す領収書も令和初のものというわけだ。

「あんた阿呆か」……そんな視線がピシッと飛んできた。

聞き慣れぬピストルのような響きの〝アールガン〟は〝R元〟のこと。平成をHと頭文字で記すように令和はRと。元年ゆえ〝R元〟にすべきかとおばちゃんは考えられたわけだ。

私はこのやり取りに軽い感動を覚え、ようやく新たな時代が幕を開けたと実感した次第でありました。

涼しくて温かな古都

『遠くへ行きたい』という旅番組で奈良を訪れた。この番組は出演者にどこへ行きたいか希望を聞いてくれるので、とても良い。

ただ、私ときたらこの暑さですっかりバテバテになっていて、「どこか涼しそうな所」とかなり適当に答えてしまった。

制作サイドが選んでくれたのが奈良だったわけだが、私的にはこの古都のどこがそんなに涼しげなのかチンプンカンプン。修学旅行の子供たちや大仏様目当ての外国人観光客がビッシリでむしろ暑苦しいんじゃあと、いささか怪訝《けげん》に思いつつ旅が始まってしまったというわけだ。

書き出し早々だが、結論から述べる。〝もう、奈良って最高〜！〟海もないのに、なぜか豊かな水源に包まれ守られている感じのする、とても涼しく素晴らしい所だった。

学生や外国人はそりゃあワンサカとやってくる。しかし、彼らは奈良に留《とど》まらず京都や大阪へとそそくさ向かうのだ。日が沈む頃にはもの凄くひっそりしちゃって、鹿のキョーンと鳴く愛らしい声が響く。繁華街は小さくて、噂通り飲食店は乏しいように思われるが何の何の。確かにラストオーダー20時半という店が多いけれど、実はこの奥の深さといったらないのだ。宣伝をしていないだけで、様々な店がある。そして驚くべき旨さ。子供の頃の記憶が甦《よみがえ》る懐かしくしっかりした滋味が、大和伝統野菜や肉、玉子から染み出てくる。さらには献氷参拝するのが慣《なら》わしの〝氷室神社〟を中心にして、町をあげての〝かき氷ブーム〟になっていたし、郊外に足を向ければ〝金魚の里〟と呼ばれる夏の風物詩で盛り上がる城下町もあった。

「ああ、まさしく涼しく清々しい町にお導きくださり、ありがたや」と仏様にも手を合わせて喜んだほどだ。

そして何よりも、私たちが〝心のふるさと〟として敬う場所であることが知るほどに感じられた大きな理由に、ここで昔から暮らす人々の優しさがあった。古い商店街の片隅で古井戸を日常的に使用する青果店の奥さんもその一人。水脈をつぶさぬよう建てられた家の中の井戸に、風や光が届く工夫がなされてあった。

井戸で冷やした絶品のすいかをご馳走になった上、店内の鯛味噌や梅干し、煮物を次々と試食させてもらう。どれも自家製！

「八百屋さんなのに、お肉やお魚、干物も。もしかして、よろず屋さんですか？」

「ウフフ、いえいえちょっぴりだけね。お客さんが高齢になっちゃって、あちこち買い物に歩けない人が多いの。電話を受けて届けてあげたり、自分の目で見て選びたいって言われれば、おばあさんを迎えに行って、欲しいものを取ってもらって、その品物と一緒にうちの息子がまたおばあさんを送っていくのよ。せっかくならお肉も魚も、ティッシュペーパーもあった方がね……」

奥さんの笑顔は仏様のように優しく、この声に私もホロリ胸が温かくなった。

ああ本当に良い所。また行こう、奈良へ！

牛乳が旅して20年

友人が電話をかけてきた。

「シゲル～、私もあの牛乳をお取り寄せしちゃう」と声を弾《はず》ませる。

ポレポレ東中野で上映していた『山懐《やまふところ》に抱かれて』というドキュメンタリー映画を見に行ってくれたらしい。

山を切り拓き、牛を完全放牧して自然に近い環境の山地《やまち》酪農。それに強くこだわるガンコ親父と母子9人家族の24年間を追った作品で、私もナレーションで参加させてもらっている。

テレビ岩手の開局50周年記念映画で、私をご指名いただいたことには女優であるからとは別の理由がある。

実は私、長年にわたってこの〝田野畑《たのはた》山地酪農牛乳〟を愛飲し続けているのだ。

20年前のとある深夜。仕事から戻った私はぐったりと疲れていた。居間でゴロリと横になって何となくテレビを点けたところ流れてきたのが岩手・田野畑村の牧場の物語だった。今にして思えば、このドキュメンタリーの記録が始まって間もない頃だったと推察される。

とにかくひどい貧乏で、牧場をオープンして10年間は電気もひけずランプ生活との事情や、幼い子供たちも学校へ行く前の真っ暗なうちから牛舎でせっせと働く様子が描かれる。

年長の子供が弟や妹の世話をし、牛舎でカゴに寝かされている赤ん坊をあやすのは牛たち。さらにその牛の背中で睨《にら》みを利かせるのが猫！　……なんていう信じがたい日常のスケッチに、私は次第に惹き込まれた。そして、〝疲れた〟なんて生っちょろいことを言っている自分自身に活を入れたものだ。

翌日になり、さらに翌々日が過ぎてもその感動が薄れなかった。それどころか家族のことが気になって仕方なくなり、日照りの夏も雪の降りしきる冬も大地を踏みしめる牛の乳の味が知りたくて堪《たま》らなくなった。調べてみると、遠くでも送ってもらえると分かり、お取り寄せを開始したのである。

親子の牛乳はスコブル美味しかった。口にした瞬間に自分の体が〝ヤッホー〟と声をあげたように感じられた。四季折々の味わいの違い！　これも私の口福《こうふく》に繋がった。

震災の年、心配で堪らず、初めて電話をかけてみた。電力の問題で一時休業に追い込まれていた家族に「再開を待っています。頑張ってください」と言わずにおれなかったのだ。

20年という長い長い年月、〝力強い牛乳〟をいただいて、私は今も元気に働いている。ホントにつくづく〝お陰様〟だと思っている。

さて、映画公開に先だって田野畑村を訪れた。作品の中の登場人物に加えてご夫婦のお孫さんたちが賑やかに迎えてくださった。

お互い初対面なのに懐かしさが込み上げる。

「不思議、親戚みたい！」「ホント、妹が来たみたい」と奥さんの登志子さんとは抱きあって喜びを噛み締めたものである。
牛乳が旅して20年！　遠くの家族と自分をしっかり結んでくれていると実感した。

ああその田舎なまり、グッと来るわぁ〜

列車に揺られ西東、飛行機でビューンと北南。いろんな町にお邪魔する。開発が進み何かと便利で助かることが多い中、〝せっかく遠くに来たんだから〜〟とタイムスリップしてるみたいな昔ながらの旅情にも浸りたいと思うもの……。しかしながら、全国均一化とも言いたくなる現象が、色濃くなってきていると感じる。

一番残念なのが言葉だ。コテコテの田舎弁は今やなかなか耳に入ってこない。旅館の仲居さんや料理処の女将さんはじめ、若者に至っては私よりきれいな標準語を話すから堪《たま》らない。

いつの頃からか地方でのドラマのロケも台詞に標準語を使ったり、田舎なまりのきついお年寄りのインタビューに字幕スーパーが付けられたりしているのが現実だ。

先日も驚いたことがあった。

私の郷里富山県の福光の山あいで新聞配達中の女性がクマに襲われたのだ。冬眠していないクマが、真冬に食料を求め人里に姿をあらわすケースがあるというから恐ろしい。

当時県内ではトップニュースとなったこのツキノワグマ事件。何と、被害者の女性というのが86歳のおばあちゃんであった。おばあちゃんは左腕をガブッと咬《か》まれ、さらに右手の指先を爪でガリッと引っ掻《か》かれながらも傘でクマを追っ払い、残り2軒分の新聞をキッチリ配り終えたという報道であった。

私は県内の友人と、「凄いっちゃあ～、クマに咬まれて血を流しながら新聞配達をやりきるなんて、富山の女やねぇ～」と感心しまくったもの。そしてぜひともこの責任感の強い気骨のあるおばあちゃんに会いたいと希望し、『室井滋の虫めがね』(KNB北日本放送)というラジオ番組に生出演してもらったというわけ。

おばあちゃんはお孫さんらに付き添われ、スタジオに来てくれた。

クマと戦ったというからには大柄な人かと思いきや、身長は130センチで、成獣グマの方が20センチほども大きかったことになる。包帯をグルグル巻きにしているのに、おばあちゃんのご挨拶は〝皆さん、かんにんやちゃ〜〟から始まった。

「本当にお騒がせしたちゃ。あの日のうちに、23年続けとった配達辞めたが。新聞紙に血ぃ〜つけてしもうて、2軒にお詫び行かんと。……えっ？　クマを恨《うら》んどるかって？　な〜も、助けてまって言うたら、サッと離して行ってくれたもんに。クマに罪ちゃない。それよか、うちのじいちゃんやちゃ。咬まれた言うても『犬にか』って言うし、テレビの人どまぁ傘でクマ叩いて『あっち行っかしゃい』って言うたって放送しとるし〜ね……」

傘でクマを追い払ったという報道はガセのようだった。

あれほど、〝傘で〟〝戦って〟というニュースが出まわっていたのが不思議だ。もしかしてお若い記者さんたちにはおばあちゃんの方言が聞き取れなかったのかも……。

まさか同県人で？　いや、きっとそうに違いあるまいと私は思った次第だ。

ペンションって何だっけ？

北海道、帯広空港から約2時間の人里離れた宿に泊まった。

ホテルではない。ペンション！　しかも、1日1カップルまたは1グループのみを迎え、「一客入魂・何にもないけど、何かある」をモットーにされているところ。

私は、仕事仲間4人で外で食事を済ませ宿に入ったので、お風呂に入ってすぐ明日に備えて眠るつもりにしていた。しかしながら「一客入魂」はそんなことを許してはくれないのだ。

荷物を置くなり、にこやかなご夫婦による館内案内が始まった。

ログハウスの宿はとても凝った造りになっており、私たちはチェアーハンモックや木製すべり台を体験しながら、星空を眺められる屋根裏BARへと……。そこでウェルカムドリンクをいただいているうちに奥さんが、「ジャーン」とテンションを一層上げて何やら手に！

「この紐、ムロイさんが代表して引っぱって」

紅白の球体を見た瞬間、〝もしかして〟と思ったけど、やっぱりそうだった。球体の芯はザルのようで、中から出た紐を引くとキラキラ紙吹雪を飛ばしながら「熱烈歓迎」の垂れ幕が下りてきた。

「ペンションって、こんなことしてくれちゃう所だっけ？」

正直、喜ぶより驚きが先に立つ。この後、夫婦によるアコーディオン演奏とかが始まるんじゃあと、ドキドキしたものだ。

それでもスコブル清潔でかすかにハーブの香りのする寝室は快適で、布団の中の電気アンカでホッコリ体の芯までとろけるようにして眠りについた。

翌朝、野鳥のさえずりで目を覚まし、薪ストーブで暖まった食堂のテーブルにつく。

道内の食材にこだわった和朝食にワーイとなってお箸を握ると、ここで奥さんが言われるのだ。「朝食、私たちもご一緒させてもらいます」と。

大きな木のテーブルで私たち4人と、ご夫婦と小学生の男の子1人と。

私は再び腹の中で「ペンションって、こういうシステムだっけ？」とひとりごちる。

もちろん楽しいのだ。ただ何だか夫婦の家庭にお邪魔してるみたく不思議なだけで。

時間が経過するほどに一客入魂が深まってるカンジ。

「本当は流しそうめんを土間でしようかと思ったの。さすがに初対面だから、フフフ」

奥さんがイクラ丼をほおばりながら笑われた。

「楽しそぉ。冬でも館内は暖かいから次回はぜひ〜」

私も燻製《くんせい》ソーセージをかじりながら笑う。

本棚に並ぶ美しい写真集や窓辺にやってくるリスや野鳥。自家焙煎の香ばしいコーヒー。

出発する時には、「人生につまずいたら、私、ここに来よう」と思ったものであった。

グルグル巻きに安心したってねぇ……

私は北陸新幹線に月に2度程度乗る。地元富山での仕事に通うため。1〜2泊することもあれば、日帰りの時もある。ただ、戻りは決まって最終のかがやき号か、はくたか号。富山での滞在時間をフル活用させたいと思うゆえ、仕事後も人と会ったり様々な雑用を済ませたり精力的に動きまわった末、故郷の海の幸を時間ギリギリまでしっかり味わって列車に飛び乗るのが常だからだ。

新幹線が開通した当初は行きも帰りも列車内で原稿を書いたり台詞を覚えたりと、動く書斎のようにしていたもの。しかし最近じゃあ、そうもいかなくなった。行きの早朝は元気でも帰りはアウト！　体力が落ちたのか、はたまた富山の酒が一層旨くなっているのか、とにかく席につくや否や、パタリ扉を閉めるがごとく眠りに落ちてしまう。

休日以外、最終列車が混み合うことは少なく、静かな夜汽車のゆりかごで眠るのはスコブル快適だ。……ただし、自分の睡眠の深さが場所をわきまえないのが、やや気になる。富山を出た後の到着駅の気配をまるで感知せず、目覚めるともうそこは東京駅なのだから。約2時間、乗った気がしない。富山駅のすぐ隣が東京駅みたいなカンジだ。

これほどだと、「列車内での盗難にご注意。貴重品は身に付けて」という車内アナウンスが気になり、一応寝る前にポーチを斜め掛けした上に尻に敷き、リュックや鞄の持ち手に足を突っ込んだり、足首にグルグル巻きにする。万が一の時でも賊《ぞく》の動きを察知できるようにと用心しているというわけだ。

ところが先日、〝まさか!?〟が起きてしまったのだ。

いつものように最終のはくたか号で、鞄の紐《ひも》等を手にも足にもグルグルに巻きつけ爆睡していたところ、大宮駅辺りで目が覚めた。何だか体が暑苦しくって……。「次は上野〜」という車内案内の声を聞きつつ、背もたれを起こし水を飲みかけたところ

で、「あれ？」となった。

私の体を包むようにして車内用毛布が2枚。首から足先までスッポリと掛けられている ではないの!?

「私……、毛布なんか使ったっけ？」

自問し首をブルルと横に振る。まったく覚えはなく、次第にドキドキし始めた。慌ててバッグの中身を確認するが、何とか無事だった。

もしや乗客に毛布を掛けるサービスかとも考えられるが、斜め後ろのオッチャンには毛布はなく、大股開きの寝姿が丸見えだ。

つまりこれは、神経質にも鞄をグルグル巻きにして寝こけている私を目撃した通りすがりの誰かが、「こんなにするなら毛布を」と気にかけてくれたということなのか？

いや、きっとそうなのかも……。

以前、別の路線で大口を開けて寝ていた私の口に、使用済みのガーゼマスクがあてられていたことがあったが、すぐにそのことを思い出す。

あれもこれも、他所《よそ》様の親切に違いない。

「ありがたい」と感謝すべきなのかもしれぬが、わずかな接触にもまったく気付かぬ自分自身がショックでならない。

深夜便の際には暴飲暴食は禁！　と己を叱った次第だ。

外国土産にご用心！

ネイチャー系雑誌の編集者の友人（男性）が、バリ土産を届けてくれた。正月休みと合わせせ、長期の冬休暇をとっていたらしい。

「シゲルさん、カジュアルなバッグ好きでしょう？　よろしくお伝えください」

事務所経由で受け取ったのが3日後。緑色の現地ビニール袋の中から、竹編みのキュートなカゴバッグが出てきた。

「ウフッ、私好みィ。今年は早く春が来そうだから、じきに使えるわぁ」

喜び、手にした瞬間だ。カゴの奥の方に、他にも何やら入っているのに気付く。それはチェック柄の布。

「ハンカチ？　スカーフかな？　セットにしてくれたのね。男性なのに気が利いてる」と、私は歯を剥き出しにして笑った。でも、そのまま固まった。

ハンカチでもスカーフでもない。それはパンツだったから。しかも男物。おまけに新品じゃなくって、使用済みのよう。

チェックの正体が分かり、私はギュッとつかんでいたその手を思わず「ヤバッ」と離した。床に落ちた赤いチェックのパンツは大判で股の辺りから下に向けてクシャ〜っとシワが寄っているではないか。

「これプレゼントじゃないね。洗濯物が旅行鞄の中でシャッフルされて、このカゴの中にすとんと入っちゃったのね、きっと」

外国土産は日本の物と違ってラッピングがとてもシンプルだ。ラッピングという習慣すらない国がほとんどかもしれぬ。

実は以前もこの友人、同じことをやらかしたことがあった。それはタイの奥地からのお土産に布バッグをくれた時。靴下の片方が紛れ込んでいたのだ。

その時もとても驚いたが、「さもありなん」と思い、片方の靴下を洗って彼に返したものだ。

「今回はパンツかぁ。どうしよう。洗ってあげてもいいけど、向こうも恥ずかしいだろうし……」

困って、事務所のデスクに相談すると……。

「ヤダ〜ッ、またぁ!? 信じらんない。それってワザとじゃなあい？ 洗って欲しいのかなぁ。好きなのかも、ムロイさんのこと」などとゲラゲラ笑いまくってしまう。

いや、そうじゃない。問題は洗って返すか否かだ。

すると彼女はいみじくも言った。

「止めた方がいいですよ。洗濯なんかしてあげちゃったら、今度は向こうが、〝ムロイさん、俺のこと好きなのかも〜〟って思っちゃうから」

ナルホド！ 余所《よそ》様のパンツは洗えない。いや、洗うべきではないと、しっかり学習したのでありました。

高齢社会のタクシーについて考える

赤坂通り、道路そばに立ってタクシーを待つ。すると、赤く空車マークを光らせた車がやって来るのを発見した。

「良かった。ポツポツ降り出したから……」

助かったと思って大きく手を振っていると、横からトンビにさらわれた。

私とタクシーの間に突然トンビ男は現れ、道路に走り出て、まるでとうせんぼするみたいにして車を止めた。

「チッ、こっちが先だったのに」と私は舌打ちする。……が、なぜか男はタクシーに半身入れたかと思ったらすぐに降りてしまった。

「あれ〜？」と思うが早いか、タクシーのドアが私の前で開くのだった。

私「いいの？　乗せてもらっちゃって」

運転手「もちろんです。どうぞ」
私「ひょっとして私を先に見つけてくださって、乗車拒否なさったの？」
運転手「いやぁ、車の前に出て乗られちゃあ乗せないわけには」
私「だってあの男の人、降りられたでしょ？」
運転手「ハハハ、乗車拒否にあったのは私の方！　私を見て、〝フンッ、ジジイはヤバイ〟って捨てゼリフ吐いてましたから」
私はそんなことがあるのかと驚いた。
昨今、高齢者ドライバーの車の事故が取り沙汰されるゆえ、客とすれば気にならないと言ったら正直嘘になる。
私も時々、高齢で背が縮み、座高が低すぎる運転手さんに出会うことがある。たちまち高速走行は諦める。しかし、大丈夫かと不安になってもなかなか降りることはできないものだ。それに高齢ドライバーさんの方が良いこともいっぱいある。道を熟知し、若者よりも安全運転。サービスや気遣いも行き届いている人が多いのだから。

運転手「私、まだ63歳なんですよ。白髪だから老けて見られんのかなぁ。そりゃあ年々、体力の衰えは感じてるけど、2000万円貯めるにゃあまだまだ働かないと……。仕方ない、茶髪に染めるかぁ、昔みたいに」

明るい笑い声はとても若々しく、私もとりあえずホッとなったものであった。

ところが、そんなこんなの数日後だ。

帰省して、墓参りにとタクシーに乗ったのだ。お参りを済ませると、さらに隣り町の友人宅へと向かった。

道中、行き止まりの所にはまり込んでしまい、運転手さんの様子が少々変わった。

「これ、Uターンして、さっきの道に戻るちゃ〜」

狭い道幅で何度もハンドルを切りかえし、その都度振りむく運転手さんはやっぱり全白髪であった。

「いやいや、この人だって毛染めしてないだけで、意外に若いかも……」なあんて余計なことを思った瞬間だ。

後ろからゴツンという衝撃。大きな石にぶつかったようだった。

私も運転手さんも同時に「ありゃ～」と声をあげた。そして反射的に見た彼の顔が悲痛に歪み、さっきまで無かった深い深いシワが出現するのを私は見逃さなかった。

「60代……いや、やっぱり70代かも……」

他人事じゃあない。私だってその内、自分の意図せぬことが増えるであろうから。

ここは、自分が降りて後方確認するなどサポートすべきであったと後悔したものだった。

お願い、スマホに聞かないで！

住宅街を歩いていて危険な瞬間を目撃した。

若い女性がスマホ片手にウロウロ。おそらく地図ナビを見ながら目的地を探していると思われた。車は走っていないけど、すぐ後ろにカートを押したおばあさんが歩いていた。２人は進行方向に向かって左側、そしてそのすぐ近くの右側を私が歩いていた。

女性が、進んだり止まったりをスマホの画面を見つつ繰り返すうち、突然にクルリと振り返った。「違うわ、こっちじゃない！」と口走りながら。

と、その時だ。腰の曲がったおばあさんのカートに激しくぶつかり、その衝撃でおばあさんが尻もちをついてしまったのだ。当然、女性も私もすぐに駆け寄りおばあさんの無事は確認できたものの、本当に危なかった。

スマホをやらない私は地図だろうが列車の時刻だろうが、昔ながらの冊子や本を見て確認を取る習慣。つまり下調べをあらかじめキッチリして、メモ書きに写し取ってから行動する。書き写すことで頭の中に叩き込まれ、路上や駅で手元を見て歩く〝ナガラ〟が軽減されていると思っている。

いや、こんなことを書いても〝時代遅れ〟と嘲笑されるだけなのは重々承知しているし、〝スマホ一つでいろいろ便利だね〟と、ちょっぴり羨《うらや》ましくもある。しかしながら、あまりに頼りすぎて疑うことをしないと、大きな失敗をすることもあると思うのだ。

実は今年早々に、うちのマネージャー君がやらかしてくれた。〝スマホ事件！〟発生だ。

彼はイベントに出演する私のフォローに、当日東京から向かうことになっていた。

「私は前日入りするね。北陸新幹線は雪がひどくなっても大丈夫。ゆっくり来てね」と私。イベント会場までは東京駅から〝はくたか号〟に乗り黒部宇奈月温泉駅下車。

駅からタクシーで10分ほどの距離だ。マネージャー君にとって初黒部とはいえ、さすがに道のりの説明をする必要はなかろうと、私はそれ以上気にも留めていなかった。

ところが当日。出演準備する私の元にアタフタして駆け付けた彼の口から、有り得ぬ言葉が飛び出したのだ。

「いや〜、遠かったっすね〜。ここって秘境なんですね〜。こりゃあ凄いやぁ」……と。

「秘境!?」……はて、何のことだろうと私は思った。黒四ダムにでも行くなら話は別だが、北陸新幹線で東京〜黒部宇奈月温泉間は約2時間20分だ。タクシーもたくさん止まっているし、小学生だって一人で来られる所なのに。

私は怪訝《けげん》に思い、「2時間が秘境?」と呟く。すると彼は苦笑いを浮かべて、「あ〜、いやぁ、乗り換えとか2回ぐらいして待ち合わせも……まあ4時間近くかかりましたけど……」と言ってくれちゃうではないか。まさか金沢回りで来たんじゃなかろうねと、さらに詰め寄り聞き出したルートは……。

「えっと〜、スマホで会場の住所を入力したところ、最寄りの駅が生地駅で、東京〜生地で検索したら、糸魚川着でえちごトキめき鉄道日本海ひすいラインに乗り、市振であいの風とやま鉄道に乗り換え……途中もう一回電車待ちして……」

確かに最寄り駅に間違いはないが、彼のルートは新幹線ひと駅分をわざわざ地方鉄道に乗ったのと同じことだった。

まったくもって、「もう〜スマホに聞くからぁ。私に聞いてくれりゃあいいものを」なのでありました。

その咳、どのタイプですかねぇ

ポカポカ陽気が続く中、急に雪景色に引きもどされたり、三寒四温というには少々行きすぎだろうと感じる今日この頃。日々の20度近い寒暖差で風邪っ引きなのか、花粉アレルギーのせいなのか、どっちつかずの激しい咳をする人が増えている。

先日、福岡から帰る飛行機の中でも……。

ちょうど、羽の上の窓際に座っていたら、真後ろから大音量の「へ〜〜クッション」がたて続けに聞こえてきた。

「嫌ッ、後ろの男、風邪かしら。今、うつりたくない！」

仕事がたて込んでいた私はたちまち不安になって、隣の仲間に囁《ささや》く。すると仲間も、

「気圧アレルギーや、寒暖差アレルギーかも。敏感な人はけっこう出るらしいよ。それにしてもキョーレツだよなぁ」と苦々しく答える。

機体はまだ離陸前。すでに機内の気圧は調節されているものなのか？　もし仲間の言う通りならば、この先、上空に上がればさらに気圧は変化し、耳のキーンとともにクシャミは留まるところを知らぬという理屈になってしまう。

クシャミをするたびに霧状に噴き出される液体。ああ、堪《たま》らない。

座席の幅が狭く、「前にならえ」と手を伸ばすと軽〜く前席の背もたれにタッチできてしまうのだから、そりゃあツバも飛んでくるというもの。目とかに入ったら、もう大変！　飛沫《ひまつ》感染を恐れ、私は慌てて帽子を被った。

「ねぇ、後ろの男ってオッチャン？　椅子の隙間から見てよ」

「うん。……まあまあ若い。オッチャン手前ってカンジ」

「そうか、やや若男ね」

オッチャンによっては体面を気にする人も多いだろうが、若者ならば素直に受け入れてくれるかも。私はそう考えて、スックと立ち上がった。手に、未使用のマスクを持って。

「あなた、お風邪ですか？　どうぞ、このマスクをお使いくださいな。差し上げます」

男は年の頃、32〜33といった風貌《ふうぼう》のスーツを着た体格の良い人だった。

私の投げかけに、彼は顔を赤らめカッと目を丸く開いた。そして……、「あっ、大丈夫です」と。

「大丈夫じゃないのよ周りの人は。どうか、マスクしてくださいよ」

なるべく穏やかに言ったつもりだが、もしかしたら〝オバサン睨《にら》み〟が少々怖かったかも。男性はオズオズとマスクを受け取り顔面に装着してくれたのであった。

さて、不思議なことに、その後、彼のクシャミはピタリと止まった。マスクでムズムズが止まったのか、はたまた他人からの注意がショックだったのか……。いずれにせよ、お互いに結果的には良かったと思う。

ただし、今回の件でやっぱり言わずにはいられない。機内で大きく咳き込む人を見ても、なぜ客室乗務員からのケアがないのか!?　列車ならば、別の空席やデッキに避難できるが飛行機じゃあかなわない。サービスのお茶を配る以前にマスクを配ってもらいたいものだ。

この季節、誰もがそう感じているのでは……。

あなたならどうする？　この重さ

さあ、いよいよ平成から令和へ。テレビ等では盛んに時代を彩った懐かしの歌や番組、カラオケランキングや流行語などを取り上げている。

私もラジオ番組で〝平成に進化したものは？〟という質問を受けて、「そりゃあ何てったって電話、パソコン、ＬＥＤでしょう」と答えたものだ。

進化といえば、つい先日、私の頭にポッともう一つ浮かんだものがあった。〝キャスター付きスーツケース〟……キャリーバッグだ。

日本発のキャリーバッグの誕生は１９７２年のことだそうだが、街で見かけるようになったのは昭和の終わり頃。その後、大中小硬軟とバリエーションも増え、今では誰しもがガラガラ引くようになった。

実は私がこんなことを突如考えたのには理由がある。……それは仙台駅で新幹線を降りようとした折、バッグが重すぎて持ち上げられなかったゆえだ。細かい経緯は端《は》折《しょ》るけど、仲間と夕飯を済ませ大宮から乗車した私は一人ぽっちで、しかもちょっぴり酔っていた。

直前にスタイリストさんから預かった黒いバッグは通称スタイリストバッグと呼ばれるズダ袋のような巨大なものだった。車輪は付いておらず、手に提げたり背負ったりするタイプ。翌日、私が仕事で使う衣装や靴等一式の中に、さらに車中で自分が持参した荷物（本３冊に着替え、鍵盤ハーモニカにポータブルのＤＶＤプレーヤー）を入れた。背中のリュックに加え、荷物の個数が多いのは運びづらいと思い、仕事用の物の上から私物を詰めた格好。

さて、間もなく仙台駅というアナウンスで立ち上がり身支度をして足元に転がしていた黒バッグを持ち上げた。……ダメ！　１センチも浮かなかった。

「ヤバイ、降りらんない。ヒ〜ッ、ヤバ〜」

私は岩のように重い黒バッグをズルズル引きずって必死で新幹線から脱出した。

「さあ、ホテルまでどうしよう。とにかく少しでも荷物を減らさなきゃ」

私はリュックからペットボトルを出して、まずは水を飲み干した。不必要な書類をビリビリ破いて捨て、私服のセーターをホームで着込む。小物をズボンやコートのポケットに詰め込み、余裕のできたリュックのスペースに本とプレーヤーを移動させた。

「楽器は首から下げてっと。これでどうよ！　よっこいしょ」

〝私って、バツゲームで皆の鞄を持たされてる下校途中の中学生みたい〟と思ったら、可笑しくて腹に力が入らなかったものだ。

蚤の歩みで何とかホテルに辿《たど》り着いた。黒バッグの底からはドッシリしたアイロン、スチーム用のペットボトルに水タップリ、着替え用のぶ厚い足拭きマット他いろいろと、気を利かせて準備してくれたものだらけ。

「ああ、だったらキャリーバッグだったねぇ」

猫も杓子《しゃくし》もキャリーバッグの時代に、あり得ぬ夜だった。

だって今日は、日本中があなたを……

羽生結弦選手の祝賀パレードの模様をテレビで見た。

本来なら冬が明けぬうちに〝おめでとう〟が言いたかった人々が全国、いや全世界から集まり10万８０００人が仙台へ。

ＳＥＩＭＥＩポーズや投げキッスをユヅ君が送るたび、街中がキャ〜とピンク色になるが、私も画面に向かって黄色い声を発したもの。

「おめでと〜。今日もステキ！」

叫びつつもそのうち、妙なことを思い出した。そう、あの平昌《ピョンチャン》冬季オリンピック、２０１８年2月17日フリーの決戦にユヅ君が臨んだ時のことを……。

私はその日、イベントに参加するため、故郷富山に帰省した。

「富山はこんな雪なのね。いや、平昌に比べれば。さあユヅ君、勝負よ、頑張って

〜」

さあ、私がイベントに出場する時間の約40分前に彼の出番がやってくる。控室には大きなテレビがあるからバッチシと余裕をかましていたところ、いざ点けてみてもテレビがまったく映らないではないか!?

「何さ、このポンコツ！　舞台のモニターしか映んないの？」

ホールやテレビ局の控室では時折こんなことがあるものだ。テレビ局なんて自局のチャンネルしか点かないというセコさ。

私は仕方なく携帯電話を取り出し、ワンセグ視聴に切り換える。この際ガラケーで画面が小さかろうが何だろうが贅沢は言っていられない。

「ユヅ君の生涯一の大勝負に、遠くからでも立ち会えないなんて、あり得んから！」

実は私、フィギュアスケートの大ファンなのだ。髙橋大輔選手ソチ五輪引退後は、真っすぐユヅ君ひと筋!!

ところが、残念なことに、控室内はまるっきり電波を受信しないのだ。

「こりゃあえらいことに」と館内を走り回る。楽屋に、トイレ、廊下などバックヤードを調べつくすもダメ。ロビーや表玄関へ出てみたが、そこもまるでアウトなのだった。

「こうなったら最後の手」と、私は焦りまくって事務所の扉を開けてみた。

中はけっこうな広さ。デスクが15台ほどもあり、一番奥まった所に大きなテレビが1台あった。

「うわぁ～あった。私、出演者ですけど、羽生選手の4分30秒だけテレビを見せてもらえませんか？　だってこちらの館内じゃ、何も見られないんですもの。今日は日本にとって、とっても大事な日じゃありませんか？」

私はカッと目を見開いて熱望した。

すると職員さんたちは「さあ、どうぞ」と私をテレビの前に誘《いざな》ってくださり、所長さんのフカフカ座布団の椅子まで勧めてくださるのだ。

テレビを点けるや否や私は息を凝らして画面に見入る。職員の皆さんも当然、私の背後で同様に……と思いきや、何と誰一人、私に続く人はいないじゃあないの!?

「ヤダ、皆さん、真面目なのは分かるけど……。今、これをご覧にならないなんて。文化ホールでしょ、ここって？　お勉強よ〜。さあ、今から4分30秒、トイレタイムということで、どうかお集まりください」

余計なことと知りつつ、私がそう声をかけたところ、女性職員さんたちがキャ〜とやってきた。

「フフフ、ありがとう。ムロイさんのお陰で見れるちゃ」「ここ役所やもんで……嬉しい」と！

仙台の凱旋《がいせん》パレードの中、ビルの奥で日曜日だろうが自身の仕事に打ち込まれる人々をつい想像したものであった。

キタ〜！　銀盤スターが富山に!!

『ファンタジー・オン・アイス2019』が6月に地元富山市総合体育館で開催された。

富山公演の情報をキャッチした友人が必死になってチケットをゲット！　私も誘ってもらって、オバサン3人で新幹線改札で待ち合わせた。開場の20分前。

実は私、前年の金沢公演にも行っている。よって、不慣れで困惑したいくつかのことを繰り返してはならぬと自身に言い聞かせる。

前年の失敗点。それはまず荷物だ。広々とした金沢周辺でもコインロッカーはひとBOXも空《あ》きがなく、荷物一時預かり所も長蛇の列。次にはお手洗い……。観客は9割がた女性でこれまた殺到してえらい目に遭《あ》った。さらには張り切りすぎで、かなり早めに現地へ向かったため会場の外の炎天下で開場待ち。

つまり、待っている間にエネルギーを使い果たしグッタリとなり、フラフラしながら銀盤のスターたちに声援を送ることになってしまったのだから。

「いいわね、荷物はなるべく減らして手持ちで入場。トイレの回数も減らす努力を。直前は水分を控えて！　中に入ったら冷え冷えよ」

私はあらかじめ友人たちに、部活の先輩のような口調で注意事項を発表していた。その結果、トイレは体育館近隣の別施設で済ませ、モンベルの登山用薄手ヤッケや膝掛けも用意していた。さらに体育館へは開場が始まって20分ほどのタイミングでと見計らった。

「よ～し、今年はバッチリだわ。待ちくたびれて体力を消耗してないし。さぁ、この目でユヅ様を、メドベージェワを穴が開くほど見まくっちゃうぞ～」

私はやる気満々。ギンギンだった。……ところが、入場の際に友人から手渡されたチケットを初めて見て一層全身が熱くなった。だって、そこには〝1階スタンドIゾーン1列1番〟と記されてあったのだから！

いい席とは聞いていたけど、まさか一番前だなんて。思わず我が友をハグしながら入場したものだ。

さぁ、いよいよショーが始まってみて、その近さに仰天しまくり。こんなにマジマジと見つめられるなんて……いやぁ近すぎだ。スター選手たちの顔も汗もメークも吹き出物も、何もかもがバッチリ見え、目まで合う気がして恥ずかしくなった。

「今、宮原知子《さとこ》ちゃんが私に笑いかけた〜」

「坂本（花織）選手が投げたエアー手裏剣ささった〜」

「紀平（梨花）さん回りすぎで、こっちも目が回る」

私たちは鼻血が出んばかりの興奮だ。

おまけにそんな中、大変なサプライズがあったのだ。あのキュートな織田信成君が『ミッション：インポッシブル』のテーマ曲で登場！　スパイ映画さながらに氷上で悪との戦いを表現するのだが、バイオリンの音色が一層激しくなったところで、リンクの柵を飛び越えてきた。私たちオババサンの足元でうずくまってみせるじゃあないの。

どうやら敵から隠れる演技のよう。

しかしながら私たちが彼を見逃すわけがない。

「キャ～」の3連発を浴びせかけると織田君はクルリ振り返り、まさかの両手握手を交わしてくれたのだった。

プレミア席2万7000円はちっとも高くない。

プルシェンコやフェルナンデスの堂々の演技、そしてユヅ様の氷上に吸い付くような魅惑のスケーティングをこの目に、しっかりと焼きつけられたのだから。ああ、しばらくはルンルンだ。

なごり雪、クルクル回した夜

金沢21世紀美術館にラジオ取材に行くため、前夜、地元富山で1泊。

「新幹線なら日帰り楽勝だけど、なごり雪を見に行くちゃ〜」

酒盛りをしたがる友人たちのリクエストに応えて、私は美人女将がいるという評判の居酒屋へ行った。

富山の海の幸、山の幸から、定番のおでんや焼き鳥までメニュー豊富な居酒屋は超満員。女将は確かにとっても美しく、フロアー係を務める女の子たちも皆、可愛い子ばかりだ。

まずは生ビールで乾杯し、ブリ刺しやホタルイカの酢味噌で日本酒、さらに氷見《ひみ》牛や黒部名水ポークの串焼きが出てきたので赤ワインを頼む。

と、ここで思いがけないプレゼントが。何と、普通のコップ大の小さなワイングラスに、赤ワインがなみなみと注《つ》がれて登場〜ッ！

「Oh〜！　サンキュー。枡入りの日本酒のグラスに注ぐみたいに。オバサンたちにサービスすると、あんた、きっといいことあるよ〜」

私たちは喜びの歓声を送ったものだ。

さらに焼き鳥のレバーやハツ、皮やつくねがテーブルに並んだ頃、再び赤ワインを注文したのだが……。

お代わりワインがテーブルに置かれるや否や、私たちはキョトンとなる。……だって、今度はなみなみどころか、グラスに4分の1ほどしか入っていないのだ。さすがに少なすぎ！

もしかして赤ワインを切らしたのか、あるいはさっきの注ぎすぎを美人女将に咎《とが》められ、2杯目はグッと減らしてプラマイゼロにしているつもりなのか……。

オバサンたちはここで物怖じしない。私たちのキョトンの沈黙を破って我が友が言った。

「あんた〜、新人さんけ？　いくら何でも少なすぎやろ。これじゃあ、ふた口で飲み干してしまうちゃねぇ〜」と。

するると新人女子の顔がたちまち真っ赤に染まった。

「あっ、いえ〜、さっきのやと、赤ワインながにグラス回せんよって、サッちゃんが。これ、回しやすいようにしてきましたんで、どうぞクルクル回してください」……だって？

サッちゃんも新人さん？　あるいは先輩なのかも。赤ワインは回すもんだと思っているらしい。

でも回すにしてはグラスがちっちゃすぎだよと私は言い返せない。ここはすかさず友人らが、「せっかくやけど、私ら質より量やから。さっきみたいにタップリ入れ直してきてよ」とチクリとクレームするのであった。

正直、私は呑べぇだが、ワインには詳しくない。銘柄や年代、マナーについてもだ。コルクを抜いて空気をたっぷり含ませると味がまろやかになるゆえ、デキャンタに移したり、大きなグラスをＯＫというまで回してくれという店もあるのは知っているけど、そのたび、「どうでもいいから、早く飲ませろやぁ」と思う口だ。

新人さんがもう少し慣れた頃、ワイン談義をしてみたいと皆が笑った。

ホームに舞う富山美人

北陸新幹線、21時20分のかがやき号最終列車に乗ろうと、富山駅改札をダッシュでくぐった。

エスカレーター脇に何やらケーキ型の大きな作り物が展示されている。「何だろう？」とチラリ目を凝らすと〝みなさまと共にこれからも〟という文字が見えてきた。

「そうか、今日14日は新幹線開業記念日なんだね。フフフ、お誕生日おめでと〜」

乗車するなり、私は缶ビールをプシューと開けて声に出して言った。

東京〜富山間が最短で2時間14分だなんて、本当に夢のようだ。この冬の北陸地帯の雪のひどさは半端なかったが、それでも5分と遅れることなく、自分の予定が狂うことはなかった。

「優秀よねぇ。冬だと予定が立てらんなくてビクビクしてたもんなのに、きっと、相

当な豪雪でも走れるように設計してあるのね。車内はスマートなのに馬力あるわぁ」

すでに始まったホタルイカ漁、さらにチューリップが咲く頃には宇奈月温泉のトロッコ電車も冬の休みを終えて始動となる。富山市内に２０１７年にオープンした県立美術館なども楽しみに、大勢の人々が新幹線に乗って訪れるだろう。逆に県内から東京へ様々な目的で向かう人々も増えている。途中の長野各地との行き来も気軽になった。

軽井沢のチャペルでのウエディングが人気だという声も聞く。なるほど、白樺の湖畔でのロマンチックな式に、親戚や友人らがゴッソリ日帰り計画するも、新幹線の速さなら現実味をおびてくるというものだ。

記念日を祝うケーキオブジェのお陰で、私もしみじみとそんなこんなを考えた。

さて、車内。ビールが空になると、一日の疲れがドッと押し寄せ、夜汽車の窓に目の下にクマを作った自分の顔が浮かびあがった。

「ひどい顔。もうお化粧落とさなくっちゃ」

帰宅してからでは我慢がならず、私はクレンジングシートでどんどん化粧を取り除いていく。すると、黒い窓のその中に見知らぬ女の顔があることに気がついた。通路向こうの座席にいて、女はなぜかせっせとハケで頬に紅を塗り込んでいる。ゴシゴシ化粧を落とす自分とは正反対の動きだ。やつれた私のその向こうで女の顔は生々しく色味をおびて……。

「長野過ぎて次は大宮。もう11時なのに。何で今からそんなにめかし込むのかしら」

女はずっと鏡をのぞき、シャドーを塗り、ラインをしっかり引き、念入りにマスカラや口紅を重ねて、上野駅で降りていった。

「上野……誰に会うんだろう……」

そんなこと他人の知ったこっちゃないだろう。それでもやっぱり思ってしまうのだ。

「そっか、新幹線だもんね。真夜中でも〝アタシ、行くわ。待ってて〟って」

新幹線、開業記念日の夜、上野駅のホームを踊るように去っていく富山美人の後ろ姿を見送った。

一人ぽっちの夜間飛行

和歌山での仕事帰り。もうすっかり夜も更けている。関西国際空港で搭乗手続きを済ませ、機内への案内を出発ロビーで待っていると、アナウンスが響き渡った。

「お客様にご案内申し上げます。本日最終便が満席につき、多くのキャンセル待ちのお客様がおいでです。明朝、大阪国際空港（伊丹空港）の一便にフライト変更可能な方は、至急お近くの窓口までお越しくださいませ。お礼と致しまして1万5000円～2万円を差しあげます」……ってな内容！

私も、共にいたスタッフも、「これって、どんくらいお得なのかしら？」「1万5000円～2万円っていう、その差は何？」と思いつつ頭の中でそろばんをはじいた。

「う～ん、関空ならこのままダラダラして、仮眠とりゃあいいけど、伊丹かぁ～」

「大阪在住の人なら、一旦帰って朝出直してもけっこうな儲けだけど……」

「5000円のプラスは宿泊考える人に、よね、きっと。伊丹近くの激安ビジネスかカプセルホテル代」

「これって会社から航空券出てたら、ちょっとしたバイトよねぇ。数時間寝てるだけで万札かぁ〜」

重たい荷物をまた引き取ったり、明日のスケジュールの変更に追われることを考えると、自分たちは決して腰をあげるわけではないが、口先ばかりは「いいねぇ」「申し出ちゃおうかなぁ」を繰り返していたものだ。

それにしても航空会社はなにゆえそんなに気前がいいのか!?

私は以前、今とそっくりな状況に出くわした折に、女友達からその理由を教わったことがある。つまり……、そもそも航空券というのは、平均して1割ほどの客が予約のキャンセルをするものと想定し、会社は1割多くの予約を受け付けているというのだ。ところがキャンセルを申し出る人が少ないためにギリギリの対応となり、礼金を提示して変更してくれる人を募るのだ。会社としては常に満席を目指してこの方策を取ることが利潤と安定につながると考える。1便につき礼金の出費はいわば必要経費ということのようなのだった。

私はその女友達の説明にナルホド〜と大きく頷くばかりか、彼女が妙なことに詳しいのに驚いたものである。「凄いね、よくそんなこと知ってるねぇ」と。

ところが、彼女は自慢げに笑うかと思いきや、口角が下がり淋しげな顔になった。

「新千歳空港で、彼氏がお礼金欲しさに自分だけ残ったことがあるの。初めて彼の札幌の実家にお邪魔した時……。私は翌日、用事あったからね。フフフ、一人ぽっちの夜間飛行が破局の始まりよ。そこからうまくいかなくなっちゃって。結局半年後に別れちゃったの」

彼女は〝今じゃあ笑い話よ〟と付け加えたけれど、こちらはすぐに返す言葉が見つからなかった。飛行機のキャンセル待ちのアナウンスが流れるたび、古傷がチクリと痛むに違いないと思ったものだった。

北陸の田んぼ、頑張ってます

新幹線の中に置かれた旅の小冊子をパラパラめくっていて、「あっ」と手が止まった。

沢木耕太郎さんの旅行エッセイのページだ。

自分が沢木さんのファンであることもさることながら、ご本人撮影の写真に魅かれたのだ。棚田がほのかにライトアップされていてしみじみ美しい。本文を読み進むと、冬の間だけ夜間にＬＥＤ電球で飾っているという。輪島近くの白米千枚田という棚田であった。

白米千枚田なら私も知っている。春に旅番組で輪島を訪れた折に立ち寄った。

「ああ、冬の日本海が望める棚田で夕暮れからライトアップかぁ〜。ナイスアイディアね」

小さく頷き、「せっかくなら冬の夜に行けばよかった〜」などとちゃっかり思ったものだ。

LED電球の普及で、ライトアップされたものが昨今あちこちで話題となっている。古城や庭園、有名ビルディングなど期間限定で、超派手なものから面白い仕掛けを施したものなどいろいろだ。

私としては、あまりにも光の洪水のような人工的なものの中に長く身を置くのは苦手で、正直疲れてしまったりもする。一瞬のキレイを〝また見たい！〟と思わせてくれるくらいがちょうど良い。

その点、今の季節の白米千枚田のそれは、さぞ素敵だろうとそそられた。何も知らずに山道を登り下りする途中に出会ったならば、忘れられぬ旅の思い出となることであろう。

御陣乗太鼓《ごじんじょ》にカニに白米千枚田……。冬旅行の絶品だと思ったものだ。

さて、私の故郷はその棚田のある石川県のすぐお隣、富山県である。海の近くで棚田を見たことはないが、各市町村に水田風景が広がる。

この秋の初め、そろそろ稲刈りという時分に黒部のお寿司屋さんのカウンターで田んぼの話になった。

「どうでもいいけどぉ、この辺り、ぜんぜん街灯がなくって真っ暗やねぇ。友達の家からここまで懐中電灯がないと歩けんちゃあ。田んぼの溝に落ちるよ〜」

そのお寿司屋さんはとても美味しくて、黒部を訪れる時の楽しみにしている。ただ、繁華街ではなく田んぼと住宅の中にポツンとある店ゆえ、辺りは本当に真っ暗なのだった。道路付けが悪いわけではない。きわめて新しく、しっかり2車線ずつの道幅もある。にもかかわらず、電灯らしきものはまるで見当たらないのだ。

「ダメながです。夜、明るいがって」

私の文句を聞きつけ、すぐ横で呟く人があった。バイ貝のお刺身をあてにして林酒造場の日本酒をグビグビのオバサン。

「何で？　明るいと何がダメながです？」

「稲にやちゃ。稲も夜は休んどるからね。夜にしかやらない大切なこともあるもんやちゃ。元々、田んぼだらけの所に道ができて家が建ったんやからね。人間の勝手で明るくしてちゃあ稲に悪かろう！　この辺の農家さんは皆、灯りはＮＯながいちゃ」

オバサンの説明に、私は自分の都合だけで、〝暗すぎ！〟と言ったことを恥じたものだった。

白米の棚田も稲がある間は夜の闇を大切にされているはず。冬の間のささやかな灯りは次のシーズンが始まる前の〝田んぼのお祭り〟なのかもと思った。

鈍行列車で心の旅

ゴールデンウイークの連休が明けて新しい時代にも少しずつ馴染み始めている皆さんのご様子！　……と思いきや、いろんなマスコミ媒体で〝退職代行サービスの需要急増〟の文字が躍っているのを見かける。

ちょうど2～3か月前に、私もテレビ朝日の深夜ドキュメンタリー番組で、〝退職代行の業者に密着〟のナレーション原稿を読んだ。正直言って、「そんな仕事があるなんて、今時だわね」と驚き、「でも、利用する人がさほど増えるとは思えないけど」と経営の先行きに疑問を持ったもの。それゆえ数々の報道には〝嘘～ッ!?〟と思ってしまった。

相談者の悩みや事情はいろいろで、パワハラ、過重労働、イジメなどの人間関係、生きがいを職場で見つけられない等々……。

長い休みの間に自分自身を見つめ直した末、〝辞職〟の結果に辿《たど》り着いたのは理解できるけれど、それを業者に頼んで代行してもらうというのはいかがなものか。もちろん、誰の顔も見たくないんだろうし、これ以上不愉快な目にも遭《あ》いたくないという気持ちは私にだってわかるが……。

しかしながら、人生の節目でこの〝代行サービス〟というカードを切ってしまうと、後々、自分自身がしっぺ返しを食うように思われてならない。まあ、私のようなオバサンの古くさい考え方かもしれぬが……。

さらには、「会わず・話さず・出社せず」を売りに、怪しげな業者もかなり増えつつあると聞くから尚更だ。円満退職を謳《うた》っておきながらトラブルが発生し、会社側から損害賠償の訴訟を起こされているというのだもの。

どんな道であろうと、簡単に一人前になれたり調子よく続けるのはとても難しい。壁にぶつかって再出発を考えるのは決して悪くはないと思う。しかし、自分の経験上、それまでの最低限の〝落とし前〟が周囲にも自分自身にも必要なのである。

以前、東北を行く列車の車中、隣り合わせた見知らぬ奥さんが話してくれたことをしみじみ思い出した。

「私に、一人息子がおりましてね、この子が今度、八戸に帰ってくるんですよ。東京の会社でバリバリ頑張ってたんですけどね、〝俺、帰る。家の仕事を継ぐ〟って。……相当悩んだみたいなんですよ、自分の将来だもの。でも、あの子は誰にも相談せずに決めました。ウフフ、相談したとしたら〝列車に〟かしら……。そう列車に。休日に有休を足して東京から八戸まで〝各駅停車の旅〟。昔で言う鈍行列車を乗り継いで。ゆっくりゆっくり時間をかけて。コトン、コトン〜って、列車に相槌を打ってもらったみたいです」

かつて自分が上京した道のりをひと駅ひと駅折り返し、それまでの自分の生活を振り返った息子さん。列車の相槌を、彼はおそらく生涯忘れず、いつしかその音の記憶が彼自身を励まし助けてくれるであろう。

奥さんの泣き笑いをそっと見つめて、見知らぬ家族の幸せを祈ったものだった。

あとがき

〝ヤットコスットコ〟は北海道で生まれた方言で、今は東北から関東の東日本で広く使われています。〝何とか〟〝ようやく〟〝やっとのことで〟〝かろうじて〟なんてぇ意味あい。

いつまで経ってもギリギリで余裕のない自分が、何とも惹かれる言葉であります。

私と一緒に旅してくださった読者の皆様、ありがとう。

そして、本書制作にあたりご協力いただいた小学館女性セブン編集部の橋髙真也さん、夕刊フジの皆様、また楽しいイラストを描いてくださった絵本作家の長谷川義史さん、デザイナーの芥陽子さん、心より感謝申し上げます。

人生の旅はまだまだこれから。旅人ムロイも楽しみつつ頑張ろうと思います。

本書は「女性セブン」の連載「ああ越中ヒザ傷だらけ」（２０１５年７月９・16日号から連載中）を中心に、「夕刊フジ」の連載「瓢箪なまず日記」とあわせて室井さん自ら厳選・再構成し、単行本化にあたって加筆・修正したものです。

室井滋（むろい・しげる）
富山県生まれ。女優。早稲田大学在学中に1981年『風の歌を聴け』でデビュー。映画『居酒屋ゆうれい』『のど自慢』などで多くの映画賞を受賞。2012年日本喜劇人大賞特別賞、15年松尾芸能賞テレビ部門優秀賞を受賞。ディズニー映画『ファインディング・ニモ』『ファインディング・ドリー』日本語版のドリーの吹替えなど声の出演も多い。また絵本『しげちゃん』シリーズや『会いたくて会いたくて』（長谷川義史・絵）、自身が絵も手がけたてぬぐいあそび絵本『ピトトト トン よ～』やエッセイ集『むかつくぜ！』『東京バカッ花』『すっぴん魂』シリーズなど電子書籍化を含め著書多数。全国各地で「しげちゃん一座」絵本ライブを開催中。

ヤットコスットコ女旅

2019年9月15日　初版　第1刷発行
2021年2月7日　　　　第7刷発行

著　者　室井滋
発行人　川島雅史
発行所　株式会社小学館
〒101-8001　東京都千代田区一ツ橋2-3-1
編集　03-3230-5585
販売　03-5281-3555

印刷所　大日本印刷株式会社
製本所　株式会社若林製本工場

販売　中山智子　宣伝　井本一郎
制作　長谷部安弘　編集　橘髙真也

Printed in Japan ISBN978-4-09-396545-3